U0496841

蝗虫部队

八一五后滞华日军覆灭记

罗学蓬 ★ 著

重庆出版集团　重庆出版社

图书在版编目(CIP)数据

蚂蚁部队:八一五后滞华日军覆灭记/罗学蓬著.—重庆:重庆出版社,2013.6
 ISBN 978-7-229-06546-1

Ⅰ.①蚂… Ⅱ.①罗… Ⅲ.①社科军事—中国—当代 Ⅳ.①I25

中国版本图书馆 CIP 数据核字(2013)第 107551 号

蚂蚁部队
——八一五后滞华日军覆灭记
MAYI BUDUI——BAYIWUHOU ZHIHUA RIJUN FUMIEJI
罗学蓬 著

出 版 人:罗小卫
责任编辑:罗玉平
责任校对:李小君
装帧设计:重庆出版集团艺术设计有限公司·陈 永

重庆出版集团
重庆出版社 出版

重庆长江二路 205 号 邮政编码:400016 http://www.cqph.com
重庆出版集团艺术设计有限公司制版
重庆市鹏程印务有限公司印刷
重庆出版集团图书发行有限公司发行
E-MAIL:fxchu@cqph.com 邮购电话:023-68809452
全国新华书店经销

开本:720mm×1000mm 1/16 印张:22.75 字数:376 千
2013 年 6 月第 1 版 2013 年 6 月第 1 次印刷
ISBN 978-7-229-06546-1
定价:36.80 元

如有印装质量问题,请向本集团图书发行有限公司调换:023-68706683

版权所有 侵权必究

目录

CONTENTS

第一章　这一夜雨急风狂 / 001

第二章　一个让人疑窦丛生的紧急电话 / 012

第三章　"御音诏书" / 018

第四章　赵瑞拒绝了日本人的金鵄勋章 / 029

第五章　战败之师成了香饽饽 / 035

第六章　"对伯"工作 / 043

第七章　自告奋勇的日本浪人 / 049

第八章　做汉奸的滋味 / 057

第九章　尿遁安平村 / 066

第十章　"曲线救国"与"内应工作" / 073

第十一章　日本鬼子"鬼",阎锡山比他们更"鬼" / 086

第十二章　先头部队和日本人打起来了 / 095

第十三章　如此凯旋 / 102

第十四章　主客易位 / 109

第十五章　远离重庆的上党成了毛蒋谈判桌上的一枚棋子 / 123

第十六章　日本人虎死不倒威 / 131

第十七章　阎锡山忽悠美国人 / 148

第十八章　杀人魔王永富博之 / 158

第十九章　阎锡山的一手硬,一手软 / 168

第二十章　河本大作宝刀不老 / 175

第二十一章　著名武士后裔的愚蠢行动 / 181

第二十二章　如此太原受降仪式 / 190

第二十三章　阎锡山倒打一耙 / 196

第二十四章　蛰伏深山 / 207

第二十五章　黄中校惹火烧身 / 219

第二十六章　带着老婆孩子打仗的日本军队 / 223

第二十七章　残留日军的牛皮被戳破了 / 231

第二十八章　往者不可谏,来者犹可追 / 240

第二十九章　难以驰出山西的遣返列车 / 247

第三十章　赤海孤岛 / 254

第三十一章　师生之间的生死对决 / 260

第三十二章　日本武士与解放军英雄捉对厮杀 / 268

第三十三章　徐向前重奖率部起义的赵瑞 / 279

第三十四章　功亏一篑 / 284

第三十五章　阎锡山抓住了日本人的心 / 296

第三十六章　二十兵团师以上干部差点全部报销 / 301

第三十七章　阎锡山离晋之谜 / 307

第三十八章　城野宏也感到了战争的冷酷 / 315

第三十九章　一把火烧掉了一对男女 / 322

第四十章　晋府地下室里的悲喜剧 / 331

第四十一章　同仁五百,成仁火中 / 341

第四十二章　荒草、孤坟、老侍卫 / 345

第四十三章　日本政府拒绝给予残留老兵国家赔偿 / 352

第一章

这一夜雨急风狂

PART 1

　　一九四五年八月十三日晚上，空中疾速地翻滚着厚厚的云团，空气湿漉漉的，仿佛能一把捏出水来。天边不时掠过一道闪电，将北方高原上的山川大地瞬间照耀得一片雪亮，立即又陷入更深沉的黑暗之中。

　　日伪山西省政府顾问辅佐官兼省保安队少将辅佐官城野宏，和省保安队副司令赵瑞指挥一支直辖机动部队和五个县的保安队，在晋中交城、文水、平遥、祁县、徐沟五县地面上，进行了持续半个多月清剿八路军地方武装的作战。保安队一路尾追中共交城县大队，终于在这天下午三点多钟时，在交城与太原之间的徐沟镇将交城县大队包了饺子。激烈的巷战打了四五个钟头，县大队被挤压进了镇子东头的城隍庙内。可是，保安队接连发起了几波攻击，也没能打进墙高院深的大庙里去，自己反倒死伤了几十个人。

　　师长杨诚得到赵瑞的电报后，也带着另一支保安队从文水赶过来支援。枪炮声再次震天动地地响起来，得到增援的保安队向城隍庙发起了又一波猛烈的攻击。

　　在城外一个土丘上居高临下督战的城野宏听见枪炮声巨响，忽地跳起身，举起望远镜观看战场的形势。借着忽明忽暗的闪电，他注意到，县城四周的城墙全都被保安队攻占，老百姓背篓提箱，拥出城外，激烈的枪炮声已经集中到了城隍庙一带。

战斗打得正激烈时,留在太原城里的保安队第三师参谋长兼士官学校教务长王光然突然骑着自行车沿大马路从一人多高的青纱帐里钻出来,赶到山脚下,"咚"地一蹁腿下来,将车一扔,便急咻咻向着土丘而来。

城野宏一看王光然的脸色,就知道太原一定出了大事。

王光然一见城野宏,怔了一下,那意思是,这分明不是他此刻想见到的人。但他马上便镇静下来,跑到城野宏跟前,"啪"地敬了个军礼,说道:"王骧省长命我赶赴徐沟,向辅佐官和赵副司令报告重要情况。"

城野宏一听,赶紧撇下参谋和警卫,独自走到土丘边上。

王光然跟上前去,压着嗓门说,王骧让他前来报告:冈村宁次大将已经电告澄田司令官,日本外务省正通过中立国瑞士、瑞典政府向美、苏、英、中乞降,只要允许维护天皇国体,日本即同意投降。王骧要城野宏停止战斗,马上把队伍带回太原,商量应对之策。

说罢,王光然悄悄扫了一眼旁边的一大群军官,回过头来问城野宏:"辅佐官,怎么没看见赵副司令?"

王光然说的不完全是实话,他也不是王骧派来向城野宏报告情况的。真相是:王骧从第一军司令部得知日本要投降的消息后,回到省政府办公室立即给留在太原城里的保安队第三师师长秦良骥打电话,让秦马上派出亲信去把正在晋中讨伐八路军的赵瑞找回来,以应付不测之事。秦良骥让王光然来向赵瑞传这个话,不料到了徐沟没见着赵瑞,却迎头碰上了城野宏,于是急中生智,谎称是王骧派自己来向城野宏报告情况的。

城野宏一听王光然带来的消息,犹似遭了雷击,猛地举眼向天,仿佛牙疼般呻吟道:"嗨,日本战败了!这对于百战百胜的大日本皇军来说,真是晴天霹雳啊!"

虽然日本战败是早迟的事情,不过这一天突然到来,还是让城野宏心惊肉跳,感到非常的遗憾和痛苦。他怔了好一会儿,才回过神来疾声问道:"王参谋长,消息确实吗?来自东京大本营还是来自南京?"

王光然说:"就在四个钟头以前,澄田司令官紧急召见了王骧等高级政府官员,说他已遵照南京小林总参谋长的指示,向第一军各级指挥官下达了作战命令,要全体官员,与日军同心同德,抱全军玉碎之决心,誓将骄敌歼灭,以挽狂澜于既倒。王骧省长想,这小林总参谋长的指示,和澄田司令官的作战命令,不正好和冈村司令官的电话精神背道而驰吗?王省长觉得这件事情太重大,后果太严重。从内容上考虑,又不便使用无线电向你通报,所以就马上派我赶来徐沟,请辅佐官和赵副总司令马上搬师回营,共商大策。"

城野宏立即吩咐传令兵去火线上通知赵瑞把队伍撤下来。

然后,他和王光然站在土丘边上,俯视着远处被保安队铁桶般包围起来的徐沟镇的鳞鳞黑瓦和冒着滚滚烟团火光的城隍庙,皱着眉头,静静抽烟。

当他点燃第二支烟时,身材高大强壮的保安队副总司令赵瑞和第二师师长杨诚出现在他跟前。

赵瑞口里叫道:"辅佐官,怎么回事?城隍庙眼看就拿下来了,为什么让我们撤下来!"

城野宏说:"不打了,马上把队伍拉回太原。"

杨诚也恨恨地喊起来:"嗨,煮熟的鸭子,怎么能让他们飞了?"

赵瑞惋惜地说道:"这帮土八路真他妈的顽固,一个小小的破庙,打了老半天也拿不下来!"

这时,赵瑞才注意到王光然:"嘿,王参谋长,你怎么来了?"

王回道:"我来给你们送个信。"

杨诚道:"什么信?派个传令兵不就行了么,还得你这师参谋长亲自跑一趟?"

城野宏抽出烟卷,扔给赵瑞和杨诚,还帮赵瑞点上火,苦笑着说:"二位,应该到来的事情,终于还是来到了。虽然我感到非常的遗憾和痛苦,但是,我仍然不得不如实地告诉你们,皇军已经战败,日本投降了……"顿了顿,他又紧盯着赵瑞的眼睛问道:"赵将军,听到这样的消息,你和杨将军想必很高兴吧?"

赵瑞一听这样的消息,脸色一下变了,呼吸也粗浊起来。他脑壳一甩,嘴巴猛然大张:"辅佐官,如果你是拿我和杨师长开玩笑,这个玩笑……未免也开得太大了。"

杨诚也瞠目结舌,不敢相信。

城野宏逐一扫视着赵、杨二人,恳切说道:"你看我这个省长顾问辅佐官像开玩笑的样子吗?我告诉你们的,是绝对可靠的消息。冈村总司令关于日军投降的电令,已经发给了澄田司令官。王骧通知我马上把部队拉回太原,抓紧商量如何向中国政府投降的事宜。"说到这里,城野宏嘴角一抽,挤出一个奇怪的笑挂在脸上,充满伤感地说:"二位将军,你们能谈谈此时此刻的心情吗?是惊喜若狂,还是和我们日本人一样肝胆俱裂,痛不欲生?如果我没有猜错的话,你们已经为你们的阎长官重新夺回山西的统治权,忍辱负重了很长一段日子,让你们望眼欲穿的,难道不正是这样一个时刻吗?"

赵瑞不答,深深地吸了一口烟,眼中蓦然含泪。稍顷,他蹲下身去,一只手缓缓地刨开地上的浮土,一只手小心翼翼地将大半支燃着的烟卷像线香一样插在浮土里,然后双膝跪地,双手合十,向着飘散着袅袅青烟的烟卷,向着土丘下忽明忽暗,涌向天边的青纱帐,以及犹如浮在绿海之上的村舍、树林,重重地磕了三个头。

杨诚也跟着赵瑞跪了下来。

城野宏一脸淡然地看着他俩的举动。

磕罢头,赵瑞才回过头来,感慨万端地对城野宏说:"作为一个祖祖辈辈生活在眼前这片黄土高原上的中国山西人,如果听到这样的消息回答你说不高兴,甚至说我和杨诚此时此刻与你这个日本人一样,悲痛欲绝,如丧考妣,你——相信吗?"

城野宏语带酸楚地说:"我们共事已经三年多了,或许只有这一次,你说的是真话。"

赵瑞说:"即便如此,那也是没办法的事,各为其主,你忠于你的天皇,我忠于我的阎长官嘛。我还可以告诉你,这次讨伐作战,表面上是奉你和王骧的命令,其实我们是遵照阎长官之命,以清剿晋中五县的八路地方武装为名,与汾孝一带的阎军汇成一片,保持紧密联系。"

城野宏说:"其实,从三年前你和杨诚率领阎锡山的两个骑兵师向我们投降的那一刻起,我就意识到阎锡山使的是一招苦肉计,派二位师长带领着兵马过来,美其名曰帮着我们打八路军,其实是借我们的势力发展阎锡山的力量,等待时机,收复失地。现在看来,我的怀疑是正确的。"

"既然如此,那你为什么还会推荐我赵瑞兼任省保安队的副总司令?"

"道理太简单不过,中国太大,我们占地太宽,管理不过来。再者,你们的阎长官对共产党的仇恨,有利于我们。日本人即使明知道你们是阎锡山派过来的人,但只要你们愿意和我们一起打八路军,我们彼此之间,就具备了合作的基础……"城野宏突然摆摆手,沮丧地叫了起来,"啊,现在再说这些,都已经毫无意义了。日本投降了,也请你们按照各自的意愿,选择自己以后的道路吧。我对与二位将军在长达三年的战斗中,对我的国家和我本人的帮助,表示衷心的感谢。"

赵瑞站起身来,紧握着城野宏的手,说:"我赵瑞决不是因为日本人的强大而追随你,更不愿做因为日本的战败而马上抛弃你那种无耻小人。三年来我们一起浴血奋战,共同对付共产党八路军,在战斗中出生入死,结下了深厚的个人感情。日本战败了,我现在可以向你承认,我和杨诚,身在曹营心在汉,都是阎长官派过来的人。"

"哦,谢谢,谢谢你们的坦率。"

赵瑞充满义气地说道:"但是,我同时也是你的朋友,世道轮回,现在轮到你们日本人落难了,出于友情,我有责任保护你和你的妻子城野绫子,还有你可爱的女儿不至受到任何伤害。"

杨诚也说:"无论什么时候,我和赵瑞都是你的朋友,需要我们帮忙时,请辅佐官打个招呼。能够三分钟赶到,我们花了五分钟,就算对不起你这位朋友。"

城野宏眼中隐隐有泪光在闪,同样动情地对赵瑞和杨诚说道:"作为日本人,衷心希望将来能够继续同阎长官合作,和二位继续合作。因此,在阎长官回到太原之前,我们无论如何,也要坚守山西。为了不使山西落到八路军手中,请二位像过去一样,和我们同心协力吧!"

军号声响过,部队立即撤下战场,在大马路上汇成一条灰色的河流,流入了晋中平原上一望无际的青纱帐里,向着太原方向涌荡而去。

只苦了王光然参谋长,跟在城野宏、赵瑞、杨诚的坐骑后面,使劲蹬着自行车……

半夜三点稍过,一群骑兵从日伪山西省保安队司令部大门哒哒冲出,向着省政府所在地晋府狂奔而去。为首身披斗篷者,是省保安队第三师师长秦良骥。身后跟着十来名腰插双枪的卫兵。马蹄声急如擂鼓,在水泥地面上踏出一串耀眼的火星。

空中乌云疾走,天边不断响起沉闷的雷声,一场酝酿已久的暴风雨即将来临。已经进入战时灯火管制的太原市,陷入了沉沉黑暗之中。太原奇热无比,人就像待在一个巨大无朋的蒸笼里。日本侨民扶老携幼,背包提匣从大街小巷惊惊惶惶地跑出来,汇成一道洪流,向着东山方向涌去。

秦良骥注意到,这一路上的街口大都布上了弹簧形带刺铁丝网,一处处用沙袋构筑的街垒后面钢盔攒动,枪刺森然。

在一个十字路口,秦良骥看到满载着日军士兵的一长串大卡车和好几辆坦克"嘎啦嘎啦"响着向南门进来。大街上还接连不断地响起"哗哗"的脚步声。那是刚从车上下来的全副武装的日军士兵正匆匆赶往各个重要机关。

街上除了日本人,也有身穿灰色军装的保安队巡逻队。

骑队穿过横跨大街的大牌坊，在古色古香的晋府大门前停下。

秦良骥进得大门，走进省政府办公大楼，穿过空旷高大的走廊，快步向省长办公室走去。

一见秦良骥到来，正急得不停地在办公室里转圈圈的王骧便急迫地问道："怎么样？王光然和赵瑞联系上了吗？"

秦良骥说："应当联系上了。赵瑞他们到了徐沟，已经把八路军的交城县大队包围在文庙了……"

王骧气恼地说："这都什么时候了，还管什么八路军的交城县大队？美国人、英国人，还有重庆方面都在广播，日本投降的消息传得比风还快……"

秦良骥说："我刚才一路过来，看到柳巷大街、东西官道的日本侨民全像着了火的马蜂窝，全乱了套，男女老少全都不要命地往东山要塞上跑，躲到碉堡和工事里求心安，太原已经成了一座空城。"

王骧："日本人上了东山要塞，赵瑞又迟迟不返，我现在最担心的是八路军乘虚而入，抢先进驻，强行接收太原。"

秦良骥："日本人不会对八路军束手就擒的吧？"

王骧："那不是愿意不愿意的问题，八路军现在是人多势众，兵强兵壮，我看日本人也对付不了。所以，我现在以省长的身份，临时任命你为太原城防司令，日本人待在东山上会自己照顾自己的，你就紧闭四门，占领重要路口，把主力拉到城墙上去，八路若是前来攻城，一定给我坚决顶住。"

秦良骥说："我刚才在路上看到，一支日军部队正从南门进来，还有几辆坦克，这是怎么回事？"

王骧惊慌起来，叫道："糟啦，南边离太原最近的日军，只有驻榆次的阪井联队，澄田一定是把阪井联队调进城了！"

秦良骥也紧张了："澄田动作快啊。"

王骧又在屋子里绕起了圈圈，说："我担心的是，澄田把阪井联队紧急调进城来，究竟是为了对付八路军，还是对付我们？"

"我们——"秦良骥一脸的大问号。

"实话告诉你吧，秦师长，我让你派王光然通知赵瑞把部队带回来，是想把太原牢牢控制在手中，等着阎长官凯旋……"

秦良骥又是一怔。

王骧见秦良骥根本不相信自己所言，从内衣口袋里掏出两张信纸，展开，在秦的眼皮下挥了挥，再递给他："我知道，你和赵瑞、杨诚一直拿我当死心塌地的铁杆汉奸看待。你看过这封信，就知道我王骧到底是谁的人了。"

秦良骥接过一看，居然是阎锡山给王骧的密函，上面写到：

接读手函，欣悉种端，语语动心，毕现关切之忱。反复阅读，不忍释手。大局转移，深赖彼此协力，收拾人心。如兄来信所云，厥为切要之举。盖人心所归，则荆棘均成坦途。我对各级干部，时时以此切勉，唯恐犹有不及耳。贤者负重待时，因应得宜。此间久已神会。群情内向，使我百端兴奋，亦以见真诚率导之苦心也。欲言不尽，余由延武面详，此复。顺候

刻安！

山　手启　五月三十日

第二封，阎锡山则完全把王骧视为自己人，已经开始给他布置具体任务了：

你我患难多年，现仍是同舟共济，行者居者，同样有功，并希加强防共，县与县组织联防，以免共产党利用县与县边境活动。

秦良骥匆匆看过，愕然疾视着王骧，禁不住一声大叫："我的个省长大人，你……这葫芦里拿出来的，到底哪一味药是假，哪一味药是真呐？"

王骧苦笑道："秦师长要是还不信任我，我也真没辙了。不过，我还是要提醒你们一句，对你们的蔡副总司令，可得多提防着点，他才是一条对日本人忠心耿耿的恶狗。"

已经是下半夜了，一辆敞篷吉普车前后由几辆敞篷摩托车簇拥着，飞驰过太原城里的大街，来到日本第一军司令部所在地坝陵桥。

巍峨气派的巨型建筑此刻看去犹如一只匍匐在黑暗中的巨兽。

摩托车在坝子上止步不前，吉普车顺着车道而上，在大楼门厅处停下。阪井联队长和野谷参谋下了车，疾步进入大厅，走进旁边的作战室。

作战室里，军官们正围桌开会。

阪井立正敬礼："司令官阁下，阪井联队正奉命向太原进发，我率前锋已经入城。"

澄田道："阪井你来得正好，司令部已得到情报，赵瑞率保安队主力假借清剿晋中八路军为名，实际上是暗中与阎军沆瀣一气，图谋一举夺占太原……"

刚说到这里，一名参谋从机要室跑过来叫道："司令官，南京总部电话。"

澄田对阪井说:"你的任务,由情报室主任岩田少佐向你交代。"吩咐完,转身出门,去了机要室。

岩田清一"啪"地向阪井敬礼,请阪井和参谋长来到太原城区的沙盘前。

岩田少佐在沙盘上指点着说:"当前局势对我们来说已经相当糟糕了,离太原二十华里的郭堡、范村,都已经发现了八路军的先头部队。日军在太原城里只有一个大队和特种部队,为了防止八路军攻城,他们都已经上了东山要塞。赵瑞虽然率领保安队主力去了晋中,可他在城里留下了秦良骥的一个师。他们是阎锡山寄养在我们这里的一群恶狗,所以我们只有把离太原最近的阪井联队紧急调进城来对付他们。现在,你马上把部队分布到太原各道城门,抓紧修筑工事,作好巷战准备。"

阪井气愤地说:"我早就反对这样的做法,中国有句成语叫做养虎……养虎什么……"

岩田说:"养虎为患——我知道你想说什么。"

阪井:"不只是养虎为患,还有搬起石头砸自己的脚。阎锡山派了大批军队和地方行政干部过来,由我们日本人替他训练,还要为他们提供作战所需的一切,武器弹药,后勤保障,吃的穿的,军费医卫,全都由我们承担。结果怎么样?一到关键时候,他们还不是照样在背后向我们开枪。我不明白你这样的高级参谋,是怎么给军司令官出谋划策的?"

岩田苦笑着说:"这是没有办法的事啊!"然后走到墙边,指着墙上的军用挂图上标识出来的一大块红色区域,说:"你们看看,这一大片地区,就是聂荣臻创建的晋察冀根据地,一九三七年,聂荣臻和林彪率领一一五师打完平型关一仗后,便在五台分兵,聂荣臻只带了一千五百兵马,像钉子一样牢牢地扎在晋察冀,七八年工夫,像吹气一样发展到三十二万正规军,九十六万民兵。这还仅仅是晋察冀,时刻威胁着我们的,除了晋察冀,还有这里——刘伯承、邓小平的晋冀鲁豫根据地;这里——贺龙的晋绥根据地。"

阪井看着地图说:"一个个全都虎视眈眈,恨不得把我们咬碎,一口吞下肚啊。"

岩田说:"可日本呢?在山西只有我们第一军,如果不利用阎锡山的力量来对付八路军,我们能在山西站得住脚吗?这就叫饮鸩止渴,明知与阎合作是一剂毒药,我们也还得硬着头皮喝啊。这几年来,皇军的策略只能是,只要他们打共产党,打八路军,不反日,就养着他们——就算是养一群咬人的狗,不也得喂食吗?"

"那,岩田参谋,请告诉我,我可以马上向保安队开火吗?"阪井问道。

岩田说："暂时不行,我们不能根据情报,便断然向有着六万人之众的保安队开火。阪井你要知道,就在半个月前,我们的三十六师团也被调到南洋群岛作战去了。我们第一军鼎盛时,曾达到了十万人,而现在,已经只有五万九千人了。如今在整个山西,真正算得上能征善战的,只有你们——四师团了。"

参谋长问:"那得等到什么时候?"

岩田:"静观其变,只要他们敢打第一枪,就毫不留情,把他们全部歼灭!"

正当阪井还在军司令部接受任务时,分散在城中各地的保安队接到秦良骥的命令后,已经像一股股汹涌的潮水般涌出营房,有的在重要街口修筑街垒工事,架设轻重机枪,更多的则向着高大的城墙上奔去。

而几乎就在同时,全副武装的阪井联队也不断地开进城来,并

在太原大北门城墙下合影的日本侵略军

且与保安队一样,也忙着在街口架设轻重机枪,忙着往城墙上拥。

在城南大南门城楼上,为了争夺有利布防地点,后到一步的日军和抢先登上城墙的保安队争吵推搡起来。日军仍然习惯性地沿续着他们在中国人面前早已养成的优越感,命令保安队撤下城头,保安队不从,日本人便用武力进行驱赶。而此时的保安队却一改往日在日本人面前低头哈腰的模样,不仅不规规矩矩地听他们使唤,居然还敢操起武器,挺身而出,反抗日本人的驱赶。城楼前的空地和两侧城墙上,刺刀对刺刀,枪口对枪口,人浪汹涌,骂声冲天,冲突一触即发。

一名保安队连长吹胡子瞪眼地冲着日本人大喊大叫:

"小鬼子你们已经战败了,就要投降了,还得意个啥?"

有人跟着吼:"十年河东,十年河西,这太原城,回到我们中国人手里了!"

日本人也同样在大声怒骂,城墙上人声嘈杂,再加上双方根本听不懂对话的语言,要不准得马上血溅城头。

这时,由一辆敞篷吉普车和几辆摩托车组成的车队急驰到首义门城楼脚下停住,阪井联队长下了车,抬头看了看城墙上沸反盈天的情景,疾步登上城楼。一看到有日本的大官到来,刚才还气势汹汹的保安队官兵顿时哑了火。

阪井登上城楼前的石阶,还没来得及说话,只闻蹄声哒哒,不远处,一队骑兵也向着城楼处狂奔而来。

秦良骧腿一蹁,飞身下马,走到阪井跟前说道:"阪井联队长,我奉王骧省长兼保安队总司令之命,担任太原城防司令官。出现这样的情况,一定是什么地方出现误会了。"

阪井昂着脑袋,翻着眼白嚷:"我不管你什么省长兼总司令、城防司令官,我刚刚从军司令部出来,我奉命接管太原城防,秦将军,你必须马上把你的人撤回营房去。"

秦良骧也上火了:"那不行,军人以服从命令为天职。"

"八格!"阪井口中,恶狠狠地蹦出两个字来,"刷"地抽出了指挥刀。

秦良骧也"刷"地掏枪在手,枪口对准了阪井的眉心。

双方官兵,也都举起武器对准对方,到处"乒乒乓乓",一片刀枪碰击出的脆响。

"嗒嗒嗒嗒",令人心悸的枪声终于响了。

不过,所有的枪口都向着城外的野地里。

密脆的枪声中,不少条嗓子惊慌地叫喊起来:

"八路军来啦!八路军摸上来啦!"

大家瞪大眼睛一看,时明时暗的田野上,果真有一支人数众多的队伍向着太原首义门冲来。

面对气势汹汹,趁着黑夜杀来的八路军大部队,日本人中国人再也顾不得吵了,全都俯在墙堞上,争先恐后地向着远处田野上的人影打了起来。

日军铁蹄下的太原首义门

暴雨也来赶热闹，就在这时，一道道闪电在天顶掠过，一串串雷声在东面的山岭上滚动。紧跟着天河决口了，粗大的雨鞭抽得大地瑟瑟抖颤。风声、雨声、雷声、枪声、炮声汇聚在一起，搅得天地之间翻江倒海，震耳欲聋。

　　城野宏得知保安队前卫部队已经到了家门口，却遭到自己人兜头盖脑一通枪炮伺候，气得来暴跳如雷。而此刻狂风暴雨下得来地动山摇，旷野上根本无法打开电台和城里取得联系。无奈之下，只得命令部队撤到对方火力射程之外，等候暴雨过后再说。

　　大南门一带城墙上的保安队与日本兵，还有城外原野上城野宏带回来的讨伐队，全都在大雨中淋着。

　　没想这雨一下便下了四五个钟头，直到上午八点过后，才停了下来。雨过天晴，城楼上才知道夜里那一通枪炮打错了，城外开来的不是什么八路军，而是城野宏和赵瑞带到晋中去讨伐八路军的保安队。

　　暴风雨过后，高天之上，依然是一轮火球般的太阳，将高墙环绕之中的古城太原无情炙烤。

第二章

一个让人疑窦丛生的紧急电话

PART 2

　　王骧带着一帮省政府官员和蔡雄飞、秦良骥等保安队军官忙不迭地出了大南门，到旷野上迎接城野宏和赵瑞。

　　王骧双手抱拳，冲浑身淋得像水鸡儿似的城野宏打了一拱，歉然道："听说半夜里发生了误会，让辅佐官受了惊不说，还在城外野地里淋了半夜的雨。"

　　"太不像话！"城野宏厉声斥道，"一听八路军的名字，你们就被吓成了这副模样。"

　　赵瑞也兜头冲秦良骥骂道："你他妈的还良骥呢，简直就是一匹劣马，受点惊吓，就尥起蹄子乱踢。"

　　蔡雄飞替秦良骥说话："不是秦师长下令开的枪，城墙上除了我们保安队，还有阪井的部队。一听八路军的大部队摸上来了，全都比赛似的乱放枪。"

　　城野宏回头看了看像从水里捞起来的部队，大声吼道："一个个垂头丧气的算什么？此次为时半月的讨伐八路作战，我军战果辉煌。大家都给我挺起腰杆，抖擞精神。"他对王骧说道："王省长，我本一介书生，难得有这样一个领兵打仗的机会,总得让我像一个凯旋的将军吧。"

王骧一愣:"这……"

赵瑞赶紧问:"辅佐官的意思是……"

城野宏说:"我想轰轰烈烈地举行一个入城式,我知道,这是日本人在太原最后的光荣了。不过,即便是打肿脸充胖子,苦中作乐,也请你帮助我把这场假戏演到底吧。"

赵瑞当即发令:"传我命令,官兵整理军容,举行入城式。"

片刻工夫后,前不见头后不见尾的保安队穿过大南门,浩浩荡荡地开进城去。

一夜风雨过后,太原城中,市容如昔,但来去匆匆的市民脸上已暗暗透着喜色——日本投降的消息不胫而走,仅仅两三天之内,便已传遍了古城的大街小巷。

昔日的官道上,战旗飘扬,军号嘹亮,无数匹战马蹄声哒哒,仰头长嘶。

面容清秀的城野宏全身戎装,骑在高头大马上,看上去八面威风——可他身后的赵瑞、杨诚、秦良骧、王骧、王光然都知道,此时此刻,他的内心在淌血。

举行完所谓的入城式,城野宏才带着勤务兵松山和两名警卫回到晋府东花园家中。他注意到,晋府内外,警卫森严。一路上,官兵们纷纷向他敬礼,他也一一还礼。

晋府为重檐歇山式二层中式门楼,红门红柱,绿瓦白墙,雕梁画栋,十分雄伟壮观。作为古色古香的晋府建筑群落一廊的东花园,同样有着浓郁的中国古典园林风格,院落中荷池假山、亭台楼榭一应俱全,处处雕梁画栋,美不胜收,浑然一座精美绝伦的宫殿。精致曲折的彩绘雕栏走廊,将南厅、北厅、高耸其间的勤远楼,以及几进跨院相互连通,更显示出东方府邸超凡脱俗的典雅。屋子里,却是西式装饰和国外进口的暖气设备。

抗战之前,这地方就是阎锡山的住家。日本人打进太原后,城野宏便搬了进来,把阎锡山的家当自己家似的住了下来,直到现在。

妻子绫子和下女听见庭院上马蹄声响,赶紧跑出来,在玄关上候着。

城野宏从马上下来,把缰绳交给松山,依依不舍地打量着他不得不马上要离开的家。

看见丈夫进门,城野绫子惊喜得哭泣起来:"你这次出门已经是第十七天了,这么长的日子,总不见你回来,真是让人担心死了。"

城野宏说:"我没事,就是太累,身上太脏了。"一边说着话,一边拉开格子门,去看在榻榻米上熟睡的女儿。

绫子赶紧去浴室放上热水,准备伺候丈夫洗澡,替丈夫脱下衣物,交给下女拿下去洗。

绫子让丈夫坐在一张小小的方凳上,挽起衣袖,撩起和服下摆扎在腰间,不断地用水瓢从日式大木桶里舀起热水,浇在丈夫的头上、肩上、背上,细心地搓洗着丈夫的身子。

城野宏紧闭着双眼,享受着这难得的舒适和温馨。

绫子说:"这两天,太原城里的日侨全都乱套了,迎泽大道上的正金银行,大矢先生在柳巷开的大和旅馆,昨天全都关门了。"

城野宏明知故问:"出什么事了?"

"好多人都在家里悄悄听了收音机,说日本战败了,马上就要投降了……啊,天呐,宏,你说,这是真的吗?"

城野宏干咳了两声:"绫子,这里的主人马上就要回来了,我刚才在保安队司令部,已经安排人去工程司街三号打扫卫生,明天就搬过去吧。"

工程司街是日本人进占太原后取的名字,这条古老的小街原本叫做校场巷,小街上古树葱茏,浓荫蔽日,鸟语花香,幽静宜人。小街两侧坐落着一组仿清样式的高级别墅群。以前它们大都是阎锡山麾下重要文臣武将们的公馆私宅,日本人攻占太原后,则成了日军高级将领与达官贵人的官邸。第一军前几任司令官梅津美治郎、莜冢义男、岩松义雄,都曾在这里住过。澄田睐四郎、山冈道武、第一四四师团长三浦三郎、河本大作等,也都把自己的官邸设在这里。三号楼则是城野宏的前任谷荻和甲斐正志住过的官邸。

城野宏叮嘱绫子:"我们当初搬进来时是怎么样,就尽可能还原成怎么样。"

绫子胆怯地问:"我们能平安地回到日本吗?"

城野宏在太原工程司街住过的三号楼官邸

"回日本干什么?广岛、长崎被美国人的原子弹彻底抹掉了,东京也被美军飞机炸成了一片废墟。整个日本都被美国人占领了,回去做亡国奴吗?把你送回去让美国大兵强奸吗?"

绫子悲哀地哭起来:"只要和你在一起,就是死,我也不怕。可是,我们的女儿才三岁呀！"

城野宏斥道："哭什么哭，真是身在福中不知福。我告诉你，现在全世界的日本人都生活在地狱里，只有太原城里的日本人，算是最幸运的了。"

澡还没洗完，城野宏已经靠在妻子的臂弯里睡了过去。

城野宏这一觉睡得好，简直是在偿还这半个多月来欠下的瞌睡账，从八月十四日的上午十点钟左右睡到了夜里十点钟，如果不是赵瑞打来电话，说出了"天已经塌下来了"的大事，坚持请绫子叫醒城野宏，他肯定还会继续睡下去。

就在城野宏坠入梦乡之际，同样在官邸里酣睡不醒的赵瑞，被突如其来的一个电话叫醒了。

电话是军部情报室主任岩田清一少佐打来的，通知他，全体保安队于八月十五日早上七点整，在东门体育场集合，听候军部点名。

赵瑞一听顿时睡意全无，他联想到头一天夜里澄田把阪井联队从榆次紧急调进太原，和秦良骥的部队争夺太原四周城楼，并在城内高大建筑上架设机关枪等蹊跷之事，马上感觉到情况大为不妙。原本根据阎日双方的默契，大批阎锡山的军队和行政干部以各种名目与方式，进入日占区接受日军训练与装备，并协助日军清剿八路军与共产党建立的政权机构，早已算不上什么秘密。可是，这样的默契也是随着阎日关系的变化而随时变化，并非一成不变。

秦良骥就经历过这种冰火两重天的待遇。

一九四二年春，阎锡山令秦良骥回太原，帮助汉奸省长苏体仁整改山西日伪警备队。他说："如果你能利用这个机会掌握些部队，等到抗战胜利后，够一团编一团，够一师编一师，够一军给你编一个军，这就叫做曲线抗战。"

秦良骥回到太原后，与苏体仁见了面。苏把当时山西全省日伪警备队现状作了介绍，由秦拟一改编计划。到五月初，秦把这个草案送交苏体仁，苏说，日本军部尚未通过，需要和当地日本驻军研究才能决定。

不料，六月间的一天拂晓，秦良骥生病在床。睡梦中，日军宪兵队数十人突然包围了正丰饭店，闯进秦的住室，将他逮捕，同时将饭店两位伙计逮捕。在太原，凡是和秦认识的朋友，都被逮捕，共三十余人。经过二十余日审讯，严刑拷打，秦把他怎么来的情况向日本人一一说明，就又把他转移到坝子陵桥日本第一军军部关押。他一看这里关押有百余人，大部分是阎锡山派来做各种类型工作的人。一直到八月间，才被放出来。

秦良骥从日本人的大牢里出来，接着又进了日本人办的干部训练班，这个训练班由岩田清一负责,全省保安队及一切伪军,都归此人派到部队中的顾问官掌握。所谓顾问官,就是专门监视那些傀儡司令、副司令、指挥、副指挥等人言行的,稍有嫌疑,即行逮捕,并以通共产党罪名,用刺刀挑、警犬咬、活埋等等惨无人道的手段杀害致死。由此看来,阎锡山派去从事曲线工作的大批文臣武将,不仅人人头上戴上一顶黑不溜秋永远不可能漂白的汉奸帽子,稍有不慎,也是会牺牲的。

赵瑞立即起床,留下副官在家给各位师长副师长打电话,自己一溜烟先去了司令部。

不一会儿,各师师长和副师长像救火一般,也接二连三地赶到了。此刻围坐在赵瑞身边的这帮将领,除了秦良骥和汤家模,大都是三年前在净化村像演戏一样先打后降,随赵瑞过来的。他们在日本人的太阳旗下当了三年伪军,依照阎日密约,只打八路军,杀共产党,从未向阎军开过一枪,当然,也不和蒋介石的中央军作战。打打杀杀到了现在,每一个人都打成了两张皮。就在这年开春,阎锡山派赵瑞、杨诚等人的老军长温怀光秘密来到太原,委任赵瑞为新编第一军军长,辖秦良骥的第一师,李勃的第二师,汤家模的第三师;委任杨诚为新编第二军军长,辖段炳昌的第四师,何煜的第五师,邢震华的第六师。

赵瑞把岩田清一的电话通知一谈,将领们神经霎时全都绷紧了。眼看天都亮了还流泡尿,三年忍辱负重,岂不是前功尽弃,鸡飞蛋打!经众将领紧急研究,大都倾向于日军是以点名为借口,缴保安队的枪,大家你一言我一语,很快便拿出应对主意,决定主要干部不参加点名,把现有保安队轻重机枪尽量留下,从仓库里弄点破烂货去充数。精锐部队也至少要留一半,不去参加点名,全副武装在营房待命。

秦良骥突然问道:"蔡雄飞那里怎么办?毕竟,他头上也还戴着一顶保安队副总司令的帽子啊。"

赵瑞说:"不管他。这家伙,连阎长官的命令也敢不听,等着去给日本人殉葬吧。"

杨诚担心地说:"他在保安队里的脚脚爪爪不少,要是有谁给他打个电话,他跑去给日本人一说,就坏我们的大事了。"

秦良骥说:"干脆,我派人去他家里——"以掌作刀,在自己脖子上猛地一比画,"把他干掉算了。"

赵瑞摇摇头:"阎长官凯旋荣归,肯定要杀几个大汉奸立威,姓蔡的,就是我们送给阎长官的最大的祭品。这样好了,你们抓紧时间,自行其事,蔡雄飞的事,我来处置。"

主意既定,众将领即刻分头行事。

杨诚和秦良骥立即化装出城,秦负责指挥城外营房阳曲县保安大队及省保安队军官学校的教官和学员。杨负责住在西山脚下的骑兵师和炮兵营,如果听到城里枪响,便从小北门和旱运门攻进城内,接应城里的部队撤出城外,然后趁乱攻占已有日军把守的东西两山,如进攻受挫,则马上南下与阎锡山派出的楚溪春先遣部队会合。

赵瑞一番调兵遣将后,司令部作战室里瞬间人去屋空。

他抓起电话,要通了蔡雄飞家里。

"雄飞啊,我是赵瑞,睡下了吧……对对,没事我也不打扰你了。八路军已经到城边上活动了,澄田司令官把驻榆次的阪井联队长调进城,现在阪井联队长就在我的办公室里,和我们商量城区布防问题,你这个副总司令,得来出出主意啊……好好,我马上派车过来接你。"

大约十分钟后,过道上一阵重重的脚步声响过,门开了,蔡雄飞大步走了进来,看见赵瑞在办公桌后正襟危坐,开口招呼:"赵兄,阪井呢?"

话音刚落,躲在门后的两名卫士突然扑上前去,将蔡雄飞陡然放翻在地,麻利地用绳子反捆了手腕。

蔡雄飞奋力挣扎着鼓眼大吼:"赵瑞,你敢杀皇军的腰枪!"

赵瑞手一摆:"押下去。"

"姓赵的,你心狠手辣,不得好死!我蔡雄飞就算做鬼,也要剥你的皮,掏你的心!"一串骂声去远了。

赵瑞也跟着跨出门槛,坐在庭院里的小石桌前,一支接着一支地抽烟。

大约一个钟头后,他突然站起身,大步走进作战室,要通了城野宏家的电话,绫子说城野宏正在睡觉,赵瑞说:"对不起,绫子夫人,请你一定立即叫醒辅佐官,你告诉他,天已经塌下来了!"

不一会儿,他听到了城野宏的声音。赵瑞把岩田清一的电话,以及自己的怀疑全告诉城野宏,但是隐瞒下了他和将领们的应对措施。

城野宏听罢大吃一惊,他郑重地请赵瑞放心,并要求赵瑞在事情没有弄清楚之前,千万不可鲁莽行事。他说他马上赶去军部找澄田司令官和山冈道武参谋长,决不会允许任何人干出这样的蠢事。

放下电话,城野宏立即飞车向坝陵桥驰去。

第三章

"御音诏书"

PART 3

吉普车驰上新民北街，一栋高高耸立在宽阔的坝陵桥大较场旁边的巍峨建筑，便进入了城野宏的眼帘。

一九三七年十一月八日，日军攻占太原后，占用山西大学堂教学楼作为司令部。不久，侵华日军华北派遣军驻山西第一军司令官筱冢义男中将决定在城内建造司令部大楼，也许是因为对于空降太原坝陵桥大校场情有独钟——太原保卫战中，让傅作义和太原守军不曾预料到的是，昔日振奋军威的坝陵桥大校场，竟然成为太原城防最脆弱的"软肋"，在城内小股日军便衣队的配合下，日军飞机搭载着突击队一次次强行降落在坝陵桥大校场，不断向城内增兵，成为太原失守的直接原因之一——大楼最终选址于此。

筱冢义男一九一四年赴德国学习军事，继后又任日本驻奥地利大使馆武官。他想必读过希特勒的这样一段话："宏伟的建筑是消除我们民族自卑感的一剂良药，任何人都不能只靠空话来领导一个民族走出自卑。他必须建造一些能让民众感到自豪的东西，那便是看得见、摸得着的建筑。这并不是在炫耀，而是给一个国家以自信。我们的敌人和朋友一定要认识到这些建筑巩固了我们的政权。"

或许，筱冢义男正是受到了希特勒的启发，为了迫使中国民众通过建筑，认识到侵略者靠武力建立起来的政权是何等的稳固，何等的坚不可摧，才建造了这样一栋气势不凡的大楼。

一九四一年，也就是日本军队进入太原的第三个年头，一座占地面积约两万平方米的巨大建筑在坝陵桥大操场边落成了，大楼坐北朝南，地上四层，地下一层，在西式钢筋混凝土主体建筑上，创造性地为主楼加上了中式歇山顶以及精美的装饰。与山西大学堂、国民师范、川至医学专科学校、博爱医院、同蒲大楼等同时代建筑相比，这座由日本人设计建造的大楼蕴涵着更加丰富的中国传统风格，成为那个时代太原独占鳌头的地标性建筑。

曾经高踞在这栋巍峨大厦里发号施令的，有筱冢义男中将、梅津美治郎中将、岩松义雄中将、吉本中将，而为该军最终画上句号的，无疑是澄田睐四郎中将。

日本第一军在太原市坝陵桥的司令部大楼

一九四五年八月进入中旬的这些日子，对澄田睐四郎而言显得是那样的漫长、沉闷，连空气都有一种说不出的苦涩味道。作为第一军司令官的身份使他必须排除烦扰，保持清醒的头脑。但他的举止已变得有些机械，谈话也变得有些迟钝，往日的潇洒与诙谐已荡然无存。平素，这位有着学者风度的司令官的日常生活是颇为悠闲的：早晨七时起床，上午到司令部听取山冈参谋长的战况和工作汇报。午后如逢天气晴好，他便扛上钓鱼竿到太原城郊的水塘垂钓。中午再忙，也要挤时间小憩一会儿，夜间或读书，或下围棋。就寝时，合枕即睡，极少失眠。澄田除了下棋、钓鱼、读书三大嗜好外，后来又热心于东方的宗教。这种雅好，与他征战杀伐的生涯有所抵牾。但人的性格往往是多重的，这位统领数万大军的司令官，在指挥军队疯狂践踏中国的国土，屠杀中国人民之余，居然也能坐禅论道，从中感悟人生。

但是，一向乐观豁达，睡眠极好的澄田，却接连出现了彻夜辗转难眠的现象。笼罩在他心头的最浓黑的阴影，是从即日起就要变成战俘的六万在晋日军和散居在山西各地的八万余日本侨民,对这十四万人能否安全回到日本,他负有不可推卸的责任;其次,还有他自己的人生结局……

城野宏大步走进作战室,看见澄田司令官、山冈道武参谋长、各课课长,以及岩田清一、公村参谋、古贺参谋等几十个将佐正坐在长桌两边。他注意到掌握着第一军钱袋子的山西物产株式会社社长河本大作也在其间。正在热切地商讨驻山西日军准备如何缴械,日本侨民打算怎样撤离等事项。宽大的屋子里挤得满满的,更多的人站在坐着的人后面,人人情绪激动,说话的声音都挺高。

城野宏一进去,澄田司令官马上说道:"城野君,你回来得正好,我们正在商量对保安队如何处置的问题,这些阎锡山派过来的人散布在太原城内各处,一旦趁乱叛变,向日军发起攻击,极有可能重蹈通州事件①的复辙。"

城野宏分开将佐们,挤到澄田跟前,急迫地问道:"司令官阁下,第一军是否已经决定投降?"

此话一出,所有目光全凝到了他的脸上。

澄田将军双手扶着长长的指挥刀,面色如铁,一字一板地说道:"东京已经被美国人的燃烧弹夷为一片平地,广岛和长崎两座城市也被美国人的原子弹从地球上彻底抹去,苏联人的坦克和飞机,已经帮助八路军夺占了张家口,苏联飞机随时可能对太原进行轰炸,日本已经无力再战。冈村总司令一个小时前在电话里告诉我,称'天皇陛下将于十五日十二时亲自广播,应谨拜闻玉音'。"说到此,澄田眼中,已隐隐有泪光在闪。他坚持着说下去:"冈村总司令还告诉我,中国派遣军的投降,不是由于本身战败,而是随着国家的投降,不得已而投降的。"

城野宏痛苦地叫道:"可是,无论怎样,这同样也是投降啊!而且一旦投降,日本必将陷入国体崩毁,民族灭亡之绝境。我想,日本如能退回到日俄战争以前的状态,恐怕已经是最好的结果了!"

围坐在桌子边的将领们,爆发出一片抑制不住的抽泣声。

岩田清一更是重重地捶打着墙壁,失声嚎哭起来。

澄田忽地将指挥刀靠在桌子边,陡地站了起来,挺直身子,充满怨气地说道:"我于昭和十六年于湖北荆门就任第三十九师团师团长,又于去年十一月从荆门调到太原,继续了四年的战场生活。在这期间,一次也未回过国。因此,国内的事情,虽然片断地听到一些,但实际情况如何,既不知道,

---

①笔者注:卢沟桥事变爆发后,七月二十九日,驻守通州的伪军突然对日军发动攻击,捣毁了日军机关,逮捕了殷汝耕等大汉奸。此次事件中,共有五百多个日军官兵和日本侨民、朝鲜浪人被杀。

也不让我知道。"

全场寂静,只有澄田的声音在空旷的屋子里回荡。

"八月十二日,冈村总司令电话告我,外务省正通过瑞士、瑞典政府,向美、英、苏、中四国政府提出,如允许维持天皇制,则接受《波茨坦公告》。可是,仅仅一天之后,小林总参谋长又给我打电话,说为维护国体,保卫天皇,全军宁可玉碎决不收兵。勿因各国之和平宣传攻势,而削弱我军斗志。"

"真是荒唐!"城野宏愤怒地叫道,"总司令和总参谋长如此南辕北辙,让我等部属,如何适从?"

澄田说:"我遵照总参谋长命令,刚刚草拟了作战命令。"拿起桌上的一张电报稿念道:"我驻山西六万精锐皇军,必须发挥大日本皇军勇猛之传统,为维护国体、保卫天皇,只有断然决一雌雄。本官决意率吾百战百胜之皇军精锐部队,抱全军玉碎之决心,誓将骄敌击灭,以挽狂澜于既倒。"念毕,澄田把电报稿往桌上一拍,提高声调说道,"可是,命令还未来得及发下去,冈村总司令官让我'拜闻玉音'的电话又来了……"

城野宏道:"阁下的意见决定着山西六万派遣军与八万侨民的生死存亡,司令官能把你的意见,坦率地告诉大家吗?"

澄田毫不犹豫地回答:"圣断一旦下达,天皇的态度,就是每一个日本军人唯一的态度,澄田除谨遵诏命以外,别无他策。在我看来,对于天皇的旨意再表示反对就是为臣不忠的行为,这与我扎根骨髓的军人精神,水火不容。"

城野宏倔强地说道:"日本要是屈服于《波茨坦公告》,无条件投降,那些昨日还在英勇杀敌的将兵必然会被支那人送上军事法庭,成为战犯。如果司令官阁下以天皇的意志为意志,那就无异于把自己,以及更多自己的部下的生命交给支那人去处置一样。"

岩田清一眼泪汪汪地嘶声狂吼:"司令官阁下,果真如此,我看倒不如跟敌人拼个你死我活!"

澄田正色道:"切腹,或者上战场与敌人血拼而亡,对我来说都是最容易的选择。请问诸位,我要意气用事,痛痛快快地一死了之,山西的军队与侨民,能否安全地撤回祖国?特别是在国共矛盾激烈、治安状态不好的地区,如何使深居山西各地的皇军与日侨安全集中到乘船地区,如何以极大的关心来妥善安置——这,才是我眼下最为操心的事情。"

城野宏说:"日本投降,已经是毫无疑问的了。南京通知皇军将兵恭聆玉音,极有可能就是由天皇亲自向全世界宣布日本战败投降的诏书。"

山冈参谋长也说:"天皇一旦宣布投降,日军在太原城里只有一个大队和特种部队,力量根本没法和赵瑞的保安队比,这批阎锡山派过来的将领一旦悍然动手,我们是无法对抗的。再说,我们除了六万军队,还有更多侨民分散在山西各地,一旦打起来,这十几万日本人,肯定会遭到中国人的残忍报复,难逃一死。"

澄田说:"所以,尽快调动各地军队,一举解除保安队武装的意见,已经在司令部里占了上风。并且已经作出决定,明天早上七时,以集合点名的名义,解除保安队的武装。可是,我又感到十分为难,因此特别想征求你的意见。"

"解除保安队的武装?是谁的主意?愚不可及,简直是胡闹!"城野宏毫不客气斥道,"司令官阁下,你从湖北调来不久,恐怕还不太了解第一军的情况,现在的第一军,已经不是过去的第一军了。"

城野宏以简要的语言,谈到了这支统治山西全省已经长达八年的日本军队的历史。的确,在来太原担任省政府顾问辅佐官之前,城野宏作为华北方面军政治班班长,长期活动于华北、山西,对第一军的了解,远远超过了上年年底才从荆门调来的澄田司令官和岩田等参谋人员。

他如数家珍般说道,一九三七年年底太原会战结束,第一军从而取代山西土皇帝阎锡山而成为山西的统治者,从那时起直至以后的两年,第一军一直作为一线攻击兵团,隔着黄河与朱绍良的第八战区,卫立煌的第一战区相对峙,并处在同延安和山西一带的八路军、第二战区的阎锡山的晋绥军作战的最前线。因此,在这个军中,当时拥有第三十六、第三十七、第四十一等三个最精锐的甲编师团,再加上一个乙编师团和三个独立混成旅团,故以其总兵力十万人的威武阵容而引为自豪。然而,由于对美国宣战后,太平洋方面的战事紧急起来,第一军中的精锐师团陆续被调往南洋,到一九四五年,第一军的总兵力不仅已经减少到六万人,而且成分也大打折扣,只包括第一四四这样一个唯一的乙编师团,一个独立混成旅团,两个独立步兵团,一个独立警备队。由此可见,第一军的素质已经急转直下,一落千丈了。

说到这里,面容清瘦的城野宏话锋一转,锐利的目光透射过厚厚的镜片,逐一扫视着澄田、山冈、河本、岩田,连珠炮般提出几个问题:"我现在向你们提出三个迫在眉睫的问题,一、日本本土被美军占领,而我们的政府投降后,你们认为皇军还能继续保存下来吗?"

山冈少将曾经在参谋本部俄国组工作过一段时间,而且还担任过日本驻苏联大使馆武官,他马上回答说:"那是绝对不可能的,北海道一带也完全可能被苏军占领,而使日本分成美占区、苏占区两部分,如同德国一样,日军可能会被彻底解散,在国内要想保存军队,那是绝对不可能的。"

城野宏仍然按照自己的思路提出问题:"二、大和民族要想智慧地度过眼下这个有史以来最艰难的时期,首先就必须重建因战争而遭到破坏的经济。而为此所需要的原料与燃料,你们认为能否继续从山西得到保证?"

澄田说:"日本肯定会因为战败后丧失满洲、朝鲜、台湾以及一切海外殖民地。对于能否取代这些地方的重要资源基地,将山西确保在我们手中的问题,最重要的条件是,山西必须具有必要而庞大的资源。"

城野宏激动地站起身来大声说道:"司令官阁下,最符合这个条件的地方,即便是在整个亚洲也只有山西一地,因为山西拥有比满洲和朝鲜加在一起还要丰富的、也可以说是全世界第一的资源。例如,煤炭的储藏量是四千亿吨,占整个华北煤炭储藏量的十分之六。日本的煤炭储藏量只有一百五十亿吨。然而,在山西,一百五十亿吨煤炭,只不过相当于两个中等煤矿的煤炭储藏量。"说到这里,他大步走到墙边,指着巨幅军用挂图说道:"你们看,在太原西南面距太原城区只有六公里的西山煤矿,出产供应太原市区的燃料煤,老百姓以人工采掘露天煤矿,并用毛驴驮运到太原市区出售。所谓驴背,如果你们理解为装在麻袋里或是别的什么东西里,那就大错特错了。它只不过是在毛驴的两侧各放一块用绳子捆住的,长达一米左右的炭块,毛驴背着这样的炭块,'嘀铃、嘀铃'地摆动着系在脖子上的铃铛,来到太原市——这就是说,一头毛驴只能运载两块煤炭,而像这样的煤炭在西山煤矿,就有五十亿吨之巨!"

城野宏的这一番谈话起到了石破天惊的作用,让一帮分明已经绝望的年轻官佐,突然之间仿佛又看到了希望。几十双一直不眨眼地注视着城野宏的目光里,充满了感谢与敬重。

岩田清一钦佩地说:"辅佐官,你是我们日本在山西最精准的活地图,也是我们思想上的领路人。"

城野宏继续说道:"在太原北部的宁武煤矿,储藏量有一百亿吨,只需要铺一条通往山崖露天煤层的路就行了。仅仅在这里,每年就出产煤炭一百万吨,其煤炭的厚度一般为三十米,最厚处可达一百米,因为是山崖,只要一爆破,'哗啦哗啦'崩塌下来的,都是煤炭,只要原封不动地装上火车运回日本就行了。"

山冈参谋长惊羡不已地说:"那么也就是说,仅仅西山和宁武两个煤矿,就相当于日本全国的煤炭储藏量了。"

因制造皇姑屯事件，炸死张作霖而被逐出军界的河本大作说："这两个煤矿在山西还仅仅是中等煤矿，同第一流的煤矿相比，悬殊还相当大。大同煤矿和阳泉煤矿这样的一流大矿，蕴藏量分别是六百亿吨，仅仅一个煤矿就相当于日本全国煤炭蕴藏量的三至四倍。昭和十五年（一九四〇年），我们在东京举办'山西物产展览会'时，曾经将两立方米左右的整块阳泉煤，陈列在展览会入口处，简直让我们的同胞惊叹不已。这样大的煤块对日本人来说是不可想象的，他们误以为这是用许多小炭块粘合加固而成，或者是模型而已。但事实上，这样大的炭块在山西根本算不得什么稀罕的东西。而且，阳泉煤矿含有七至八千卡左右高热量的无烟煤，如果大量往铸铁炉里加煤，甚至铸铁炉也会被熔化掉。"

城野宏说："所以说，山西对日本国的重建和复兴太重要了，而要想控制山西，眼下就必须依靠保安队，只要我们稍稍流露出对保安队动武的想法，马上就会给日本人带来灭顶之灾。我认为，即便赵瑞骨子里真是阎锡山派来的人，即便保安队的干部一半以上是忠于阎锡山的，我们也必须继续像过去一样相信他们，利用他们，因为在对付共产党、打八路军这一点上，阎锡山、赵瑞和我们是完全一致的。任何想对保安队先下手为强的想法，都是愚蠢的。而且，八路军以朱德总司令的名义，于八月十日发出全军总攻击的动员令，并已开始付诸行动。阎锡山的晋绥军未到达太原之前，如果八路军抢先出现在太原，以目前日军的力量，根本无法防御。因此，现在除了使用我所控制的保安队里的中国人确保占领区，而等待晋绥军接收之外，已经没有其他办法可以考虑。"

城野宏的意见得到了澄田司令官等多数人的支持，于是，马上由岩田起草的第一军司令官给山西省保安队司令部的文件中，发出第一军作战命令：即八路军以接收太原为目的前来太原，保安队司令部要协同日军，不遗余力地尽量阻挡，如遭攻击，则坚决还击之。

澄田不仅放弃了收缴保安队武器的计划，还采纳了城野宏的建议，对此次率部前往晋中清剿八路军的保安队将领，予以奖励授勋。

说话间，副官提醒，离正午十二点钟还差五分。

第一军司令部全体将佐身着正装，跟在澄田司令官和山冈参谋长后面，走出司令部大楼，顺着几十级台阶下到司令部大楼正面大操场，按照平时遥拜天皇的队形，向东列队。

将佐们一个个神情肃然，悲痛欲绝，准备聆听"玉音诏书"。

高音喇叭里响起了播音员的声音："从现在起有重要广播。全国听众请恭身侍立，垂首静听。"

信号很好，声音非常清晰。

澄田和他的将佐士兵们全都如木桩般钉在空阔的广场上，低着头，毕恭毕敬地肃立在广场上，面向东方，犹如站在天皇面前一样。骄阳在地上画出一排排的投影。酷热使他们汗流浃背，军衣湿透；绝望使他们神情麻木，目光呆滞如死鱼的眼睛——谁都明白末日已经来临，而且来得如此突然，如此不可抗拒。

楼前的广场上已经聚集了不下一万名日本人——身穿蓝色国民服的义勇队员、身穿灰黄色劳动服的矿山管理干部、身穿军装的士兵。头上缠着头巾的男工、女工。青年、中年男女及老人……这些人当中，有的站在那里面对楼顶上迎风招展的国旗默祷，有的俯伏在地，把额头触到地面上。

司令部大楼门前的广场平时是不允许老百姓进来的，可是以往在皇军打了胜仗的消息传到太原的时候，这里通常也会聚集很多身穿西装与和服的日本侨民。他们有的站立，有的手握着白石子祈祷。有的敲锣，有的打鼓，有的摇铃，有的吹螺号，有的喊干嗓子，为天皇，为皇军祈祷。但是今天既没有铜锣，也没有鼓和螺号，人们只是哭，只是叫，只是捶胸顿足……

收音机里再次响起播音员的声音："从现在起，天皇陛下对全体国民亲自宣读诏书，敬谨开始御音播送。"

在庄严地奏过日本国歌《君之代》后，稍停了一下，接着，一个苍白无力的声音通过司令部大楼上的大喇叭，仿佛自天而降般在广场上响起：

"朕深鉴于世界大势及帝国之现状，欲采取非常之措施，收拾时局，兹告尔忠良臣民：朕已饬令帝国政府通告美、英、中、苏四国，愿接受其联合公告……"。

岩田清一仔细地听着，泪流满面。当听到"誓必发扬国体之精华，不致落后于世界之进化，望尔等臣民善体朕意"时，他双膝"咚"地一声跪在地上，不断地以头猛触地板，痛不欲生地连声呼喊："天皇陛下，生为帝国军人，我让你蒙羞，请宽恕吧！"

岩田猛地抽刀出鞘，"咚"地跪下，紧闭双眼，将刀双手反握，正欲剖腹自尽时，站在他旁边的城野宏突然将他紧握刀柄的双手死死抓住，大声吼道："岩田，你这个胆小鬼，你想逃避祖国赋予你的神圣责任吗？"

岩田泣不成声，悲痛得已经不能说话。

城野宏泪流满面地大喊道："对你这样的日本精英来说，剖腹自尽，不是勇士，而是懦夫的行为！你应当像丰臣吉秀的武士一样，走向大海，战死为尸！"

城野宏的手紧紧地握着锋利的刀刃，鲜血潸潸流下……

就在"御音"播送结束的这一刻，陡然间，坝陵桥广场上响起了惊天动地的号啕声、喊叫声。

所有人都面向大楼顶上的"日之丸"国旗，举起双手高喊"天皇陛下万岁"。

突然，人群中央一个身穿国民服的中年男子手执倭刀跪在地上狂呼起来："诸君，我们对不起天皇陛下！请求宽恕吧！请求原谅吧！"吼声刚落，他将刀猛力插进了自己的肚子，灿烂的阳光下，喷薄而出的鲜血犹如红绸般飞舞。

所有人都号啕大哭着跪下了，又有几十个人采用同样的方式倒在了地上，前一日的暴雨在地上留下的积水将鲜血极快地洇染开，像燃放的小礼花般极其耀眼。

汇聚在一团的哭泣声犹如惊涛骇浪般在广场上空起伏汹涌。在这团山呼海啸般的嚎哭声中，又有几名年轻军官高呼着忠于天皇的口号，或抽刀剖腹，或拔枪爆头，倒在了血泊之中。

"不能这样，我们所有身在山西的日本人，并没有到绝望的地步！与其用自杀的方式为天皇献身，不如跟着我残留山西，为祖国的重建和复兴而奋斗！"

在此之前，太原城里的日军将佐在某种程度上已经知道日本的战败是早迟的问题，但多数预料可能要在日本本土和中国沿岸，再进行一两次大决战，在战局对日军比较有利的情况下，再与对手讲和。至于一般下层官兵，因为完全不了解全面情况，坐井观天，就其所见，甚至还以为大日本皇军胜利在望哩。在这样的心情下，突然听到天皇亲口广播的投降诏书，一个个大为震惊，不知所措。

澄田睐四郎

澄田心潮逐浪，悲极无泪。当天皇的广播结束后，他看到他的部下和侨民一同陷入茫然无措的歇斯底里之中。但是，等到哭号声过去，他马上就意识到自己的身份和肩负的责任。

在全场无数双目光的注视下，澄田一步步登上司令部大楼前的台阶，然后转过身来，用简短的语言，即席作了谨遵诏命的训示。并向全军将兵下达训示："我等亲聆敕语，忧及圣虑，诚惶诚恐，不知所措。然事已至此，本职惟谨遵圣谕，以慰圣怀。我第一军将兵切勿削弱斗志，值此自建国以来之最恶劣环境，更应在庄严之军旗下，愈益坚持铁石般之团结，根据唯一方针，分别为达成即将到来的投降、遣返等新任务而努力。"

训示完毕，澄田下令队伍解散，然后一个转身，向着司令部大楼走去。走进大厅时，澄田对紧跟在他身后的山冈参谋长说："马上通知下去，各部队清点一下，凡自杀的官兵，一律倒填日期，按战殁者处理。"

这时阎锡山长期派驻太原的办事处主任，也是阎的妹夫梁延武驱车来到第一军司令部，紧急拜会澄田司令官。

在澄田宽大的办公室里，梁延武对惊恐不安的澄田以及山冈、河本、城野宏、岩田等将佐说："诸位大可放心，以前你们得势时，我们受到贵方各种帮助。投之以桃，报之以李，从今以后，我们也将尽最大的努力援助你们。因为阎长官对日本人持有非常的好意，所以这一点，阎长官特别托我请澄田阁下，以及贵军官兵绝对放心。"

梁延武离去后，澄田对城野宏说："日本军人的敕谕里有这样一句话，'军人不可干预政治'。作为帝国陆军第一军司令官，我不能因为任何政治原因，公然违抗天皇和冈村总司令的命令行事。不过，城野君，你和我不同，你虽然穿着军装，但你毕竟不是一个职业军人。从今以后，请充分运用你长期积累起来的同中国方面交往的丰富经验与人脉，好好干吧，就算不成功，你也一定能够成为大和民族的旷世英雄的。"

城野宏大有临危受命的感觉，即回道："司令官阁下请放心，我绝对不会放弃我的追求！"

"城野君，"对城野宏宣扬的残留理论佩服得五体投地的岩田清一紧握着城野宏的手，泪流不止，咬牙切齿地发誓，"我们一起残留在山西吧，不管怎样，祖国的复兴必须由我们这一代人来承担，并不惜贡献出自己的生命！"

入夜，澄田又相继收到大本营发来的密电：陆军大臣阿南惟几剖腹自杀、铃木内阁总辞职。

澄田在天皇投降诏书广播之前，曾一直主张继续战争，并再三奏请冈村批准决战的要求。然而今日"无条件投降"已成定局，东京方面又频频传来噩耗，他作为天皇的将军，除"谨遵圣谕，以慰圣怀"之外，再无别的选择。前几天悲痛绝望之际，他曾向大本营电请退职转役。现在想来，那实在是孩童闹气之举。他的电请不可能被批准,而军民安全撤离山西,回到日本的重任也不容他推卸。谁叫他是最后一任日本山西派遣军的司令官呢!

窗外万籁俱寂,连警卫的脚步声也听不见了。室内孤灯昏黄,电扇嗡嗡地吟叫着,但闷人的暑气却久驱不退。深夜的岑寂使他有被人类遗弃之感,闷热的空气使他痛苦绝望的心境更添烦躁。

一九三八年七月,澄田晋升为陆军少将的同时,当上了中支那派遣军野战重炮兵第六旅团长,在次年四月南昌会战时,十二军司令官冈村宁次特地命他协调指挥全军四个独立重炮兵联队二百五十门重炮,用密集轰击的战术打开战役突破口,一举突破修水河防线。一九四一年九月被任命为第三十九师团中将师团长,驻守湖北荆门,协助困守在宜昌的内山英太郎第十三师团抵挡陈诚第六战区数十万中国精锐部队的反攻。一九四三年五月参加鄂西会战,一九四四年十一月才调来山西,成为第一军司令官,所部只有一个师团加三个旅团,共五万九千人。

他走马上任还不到一年,日本便宣布无条件投降了。

他深知自己在侵华战争中犯下的罪行难逃惩罚,从即日起,他这位威严煊赫的山西最高统治者的大势已去,作为战犯被押上审判台的日子,必然会来临。

第四章

赵瑞拒绝了日本人的金钨勋章

PART 4

　　头扎草圈，身披草衣的交城县大队的战士们，在县委书记兼大队政委华锋和大队长金钟明的率领下，潜行到太原南郊黄陵村日军一一·八战车修理厂外面的青纱帐中，向着厂区隐蔽靠近。

　　工厂高大的主楼，以及成排的厂房顶上，到处隐蔽着身穿蓝色劳保工装，手执武器的工人。

　　一名身着便装的侦察员从青纱帐里钻出来，弯腰跑回来报告："队长、政委，我们已经从老百姓那里了解到，前面就是日本人专门用来修理坦克装甲和汽车的工厂。妈的，还取了个一一·八的厂名，说是为了纪念三七年八月十一号他们攻克太原的日子。"

　　华政委问："有多少敌人，弄清楚了吗？"

　　侦察员回道："弄清楚了，厂里原来有一个警卫队，前两天突然被调去守卫铁路。不过，厂里临时把两百多个日本技工全部武装起来了。"

　　金钟明鼻孔一哼："日本技工！妈的，一帮乌合之众，还能挡住我们的进攻！先摸上去几个人，用胶把钢钳在电网上剪出几个大窟窿，再赏他们几颗炮弹，来它个先声夺人！"

几名士兵匍匐前行到环绕厂区的高压电网前,用胶把钢钳在电网上剪出几个大窟窿。

破坏电网的几名战士被厂区房顶上的敌人发现了,子弹向着他们密雨般泼洒过来。战士们举枪还击,有的中弹倒下。

二十四岁的华政委一掀帽子:"掷弹筒,把楼顶上的小鬼子给咱轰上天去!"

战士们架好掷弹筒,几发炮弹落到了厂房顶上的露台上,炸得日本人鬼哭狼嚎。金钟明带领士兵们陡然跃起,穿过电网上的大窟窿,向着厂区冲杀过去。所有的冲锋枪轻机枪一齐开火。掷弹筒发出的炮弹接连不断地落到主楼露台上爆炸,房顶上已是一片狼藉,被炸死的工人倒在残砖碎石之中,被炸伤的工人在血泊中挣扎惨叫。

不过一支烟的工夫,两栋大楼已经落到了中国人手里。

年轻的徒工仲相与他的师傅北条河本抵靠在齐胸高的女儿墙上,频频地向着冲杀而来的中国人射击。

仲相惊慌失措地向着北条大喊:"师傅,看这不要命的劲儿,不像是阎锡山的晋绥军,会不会是蒋介石的中央军呀?"

北条斥道:"什么中央军?连顶钢盔也没有,军装也不整齐,我看肯定是从太行山那边过来的土八路。"

一个头儿模样的人挥着手枪呵训道:"你们眼瞎了,这明明就是土八路嘛。少说话,给我狠狠地打!"

正当守卫厂房的日本技工抵挡不住中国人的猛烈进攻,准备放弃工厂逃跑时,奇怪的事情发生了,又一支身穿灰色军装头戴钢盔的队伍赶了过来,从屁股后面向着正在猛打日本人的八路军开了火!两支由中国人组成的军队,竟然就在日本人的眼皮底下乒乒翻天地打了起来。显然,后来的军队武器比八路军强多了,有迫击炮,火焰喷射器。没打一会儿,八路军便顶不住了,纷纷钻进青纱帐,片刻间就像鱼儿游进大海,不见了踪影。

穿灰军装的队伍也不追赶,一呼隆向着厂区奔了过来。

很快,日本技工刚刚放弃的厂房顶上,便出现了中国人的身影。

进攻者的枪炮声突然停止了,马上,一个威严的声音响彻天地:"对面楼房上的日本人竖起耳朵给我听好了,我们是二战区阎锡山阎长官的先遣队。我知道你们不是军人,只不过是被临时武装起来的日本技工,论打仗,你们不是我们的对手,不要作无谓的牺牲。只要你们放下武器,我保证你们所有人的生命安全,胆敢继续负隅顽抗,本团长定杀不饶!"

听罢中国人的喊话,日本技工面面相觑,人人都陷入到极度的恐惧之中,但谁也不敢开口言降。

仲相望着北条河本,鼓足勇气说:"师傅,天皇都已经发布投降诏书了,澄田司令官也命令山西所有的日本军队投降了,我们还继续抵抗有什么意义啊?"

北条突然号啕大哭着狂喊道:"丰臣吉秀的武士,走向大海,战死为尸,日本人宁愿玉碎,也决不向支那人投降!"吼罢,咬着牙把三八大盖伸出去,向着进攻者喊话的方向开枪射击。几乎就在枪响的同时,一条火龙从对面厂房顶上呼啸而出,直奔主楼顶上而去。北条河本一声惨叫,扔下枪,双手捂面,仰面朝天倒了下去。

仲相赶紧提着枪猫着腰奔过去:"师傅,师傅!"

仲相看见北条河本脸皮已经犹如上过漆一样黝黑发亮,而且那黝黑中正不断地渗出鲜红的血来。

北条喝道:"别哭仲相,就伤了点皮,师傅没事。"

仲相陡地站起来,将枪往女儿墙外一扔,带着哭腔大喊道:"支那人,我不打了,我投降!"

更多人争相将武器扔下楼去。

一群阎军士兵冲到主楼顶上,凶神恶煞般冲日本人大喝:"举起手来,到楼下集合!"

仲相将师傅搀扶起来,汇入到俘虏群中,向着楼下空地上走去。阎军团长神气活现地站在操场边的台子上,等着给被俘的日本技工训话。

太原城里的各处日军营房,官兵们在操场上列队聆听天皇宣布投降的"御音"刚刚结束,队伍顿时大乱。士兵们有的捶胸顿足,号啕痛哭,有的发疯一样胡乱朝天开枪,也有掩饰不住内心的狂喜而大喊大叫:"战争结束啦!回家啦!回家啦!"——毕竟,战争结束了,他们有幸活下来了,很快可以回国与亲人团聚了啊!

天翻地覆,斗转星移,这是太原历史上改朝换代的一个重要的日子。"小鬼子投降了"的喜讯不胫而走,刮遍全城,"驱逐日本人,迎接阎长官"的口号声响遏行云,已经被日本人的铁骑刀枪压抑了八个年头的民族情绪被狂热的口号煽起,恰似熊熊烈火般飞速蹿遍了太原城里的大街小巷。散住城中各处的日本侨民,惶惶不可终日,纷纷扶老携幼,背包提篓,争相逃往各个日军驻地避难。

日本人这一逃，全城顿时大乱。少数胆大之人钻进日本人家中五抢六夺，凡是值钱的物件一样不落下。但凡日本人反抗，马上就以暴力对付。这些发了洋财的抱着搂着抢来之物满街乱窜，顷刻间让更多的老百姓也难以把持。何况，抢日本鬼子的东西原本就没有什么心理障碍，眼下也没人管啊，不抢白不抢！耸人听闻的噩耗接连不断地传进日本侨民耳中，弄得已经在这座古老的城池里生活了好几年的日本男女老幼人人自危，一片惊惶。

就在太原即将成为日本侨民的人间地狱之际，赵瑞下令保安队紧急出动，对抢劫日侨财产、强奸日本妇女者格杀勿论，弹压之下，抢劫者一轰而散，赵瑞一时成为日本侨民的保护神、大救星。当然，骂他是汉奸头子的太原人也不少。

日军一个大队驻扎在城北由以前的关帝庙改建而成的营房里，当大批日本侨民在中国民众的追杀下，大哭小叫着蜂拥来到营房躲避时，中队长永富博之在向大队长宾谷川彦请示未获批准的情况下，竟率领自己的中队冲出大门，向着追杀上来的中国民众开枪射击，将侨民们接进营房避难。

宾谷怒不可遏，当众狠抽永富博之耳光，痛骂永富行事鲁莽，违令向中国人开枪，此举极有可能导致全太原城的日本军民陷入万劫不复之地。并一脸绝望地对官兵们说："一切听天由命吧，天皇已经向全世界宣布投降了，大日本皇军已经不复存在，我们已经没有保护日本侨民的责任了。"

永富猛地将一口血水啐在宾谷大队长脸上，怒骂道："既然皇军已不复存在，那我要请问，我和你之间是什么关系？你凭什么当着众人的面打我的耳光？"

宾谷咆哮如雷："即便作为普通的日本平民，我也不能看着你干蠢事！战争已经结束了，我希望宾谷大队的每一个官兵，都能活着回到日本，与家人团聚！"

永富"刷"地抽出战刀，双手握柄，怒视宾谷，大喝道："贪生怕死的卖国贼，去死吧！我永富博之宁愿战死在北支那，也决不投降！"

宾谷刚欲伸手拔手枪，永富高高跃起，一声暴喝，向着宾谷兜头劈下，脑袋像西瓜一样分成两瓣耷拉下来，鲜血溅了永富博之一头一脸……

两百来名宁死不降的死硬分子在永富博之"杀出城去，自寻生路"的鼓动下，一呼隆拥上几辆大卡车和两辆装甲车，轰隆隆向着城外驰去。而更多的士兵，则聚集在一旁，六神无主地痴视着他们。

报警电话打到军司令部，澄田司令官得知部队哗变，瞠目结舌！

司令部大楼里顿时乱了套，山冈参谋长火速赶往关帝庙兵营平息骚乱，城野宏与岩田清一则自告奋勇，带着松山和几名卫兵，驱车前去追赶哗变的日军官兵。

巍峨气派的第一军司令部大楼前的广场上，正在举行阅兵仪式和"晋中作战有功人员表彰大会"。

日本军乐队吹奏起雄壮威武的进行曲，赵瑞陪着腰挎指挥刀、戴着白手套、骑在高头大马上的澄田司令官，检阅衣饰鲜亮、豪气干云、整齐列队的保安队仪仗队。

检阅完毕，澄田又登上检阅台，依次与站成一排的杨诚、秦良骥等保安队高级将领握手，互致军礼。

澄田亲自将一枚勋章戴在赵瑞胸膛上，高声宣布："保安队副总司令赵瑞将军，不仅在晋中清剿八路军的作战中劳苦功高，在八月十五日下午太原城日侨居住区的骚乱中，更为恢复秩序，保护日本侨民，做出了卓越贡献，第一军司令部特此决定，授予赵瑞将军由天皇颁昭的金鵄勋章一枚。"

这一天的高潮是，澄田司令官亲手把勋章戴在赵瑞胸前后，竟然又将自己的坐骑，作为私人礼物赠送给了赵瑞。

看到澄田将缰绳交到赵瑞手中，许多日军将佐眼中都蓄满了悲伤的泪水。

赵瑞喜不自禁，接过缰绳从检阅台下来，翻身上了比自己的坐骑足足高了一头的东洋马，快马加鞭，在日本将佐们愤然的目光下，绕着广场潇洒地跑了一圈。

可让澄田和山冈道武等日本人万万没有想到的是，这个平时在他们面前畏首畏尾的伪军头子，竟然当众拒绝了日本人的好意！

赵瑞蹁腿下马，登上检阅台，走到澄田跟前，取下金鵄勋章，交还给澄田，说道："司令官阁下，你这匹宝马我收下了，勋章我看就免了吧……哈哈，这三年来，我这心里明镜似的，你们从头至尾都是在拿我当猴儿耍，我也一直在和你们演戏，今天，是到了应该结束的时候了。我现在可以打开天窗说亮话，明明白白地告诉阁下，我当初战败被俘，向贵军投降，完全是阎长官安排的。这么说吧，保安队里百分之七十的干部，都是身在曹营心在汉，我们都是绝对忠诚于阎长官的中国军人。"

山冈参谋长怒喝道："赵将军，你太无礼了，你这是公然对天皇的侮辱！"

在场的日本将领，也全都怒眼灼灼地瞪着赵瑞。

唯有澄田没有发怒，相反，他苦涩地笑了，拍着赵瑞的肩膀，像朋友般说道:"日本已经无条件投降了,诸位是重新回到你们阎长官的旗下,还是与重庆方面联合,或者是参加八路军,请按照各自的意志,决定你们的未来,我们无权干涉。不过,我还是要对大家多年合作的友情,表示感谢。"说到这里,澄田向着跟前的中国人深深地鞠了一躬,然后再继续说道,"作为日本军人,希望将来有机会和阎长官合作。因此,在阎长官回到太原之前,我无论如何也要坚守山西。为了不把山西交到八路军手里,请诸位同心协力吧。"

赵瑞敬礼后,跨上高大的东洋马,带着众位将领和仪仗队,离开了广场。

日军将佐望着赵瑞远去的背影,有的潸然泪下,有的捶胸顿足,痛哭失声。

第五章

战败之师成了香饽饽

PART 5

两天后,在几天前城野宏曾来此扫荡过八路军的徐沟镇文庙里,城野宏与岩田终于追上了永富博之率领的队伍。

夏日的骄阳毒辣无比,屹立在文庙庭院里的几株有着千年历史的古树丫盘虬结,浓荫蔽日。树下,永富博之喊着口令,把两百来名日军士兵集中起来。听两位匆匆从太原赶来的军官训话。

岩田掏出一份电稿,大声说道:"我是日本第一军司令部情报部参谋主任岩田清一。作为个人,我对你们玷污了日本军人形象的行为,深感愤怒!我要是你们,一定剖腹向天皇谢罪!"

官兵们怒目灼灼,全盯着他。

岩田猛力挥动着手里的纸片,由于愤怒,讲话变成了咆哮:"我给你们送来的,是冈村宁次总司令对支那派遣军全体将兵下达的训示。你们只要还是日本军人,就必须严格地遵从总司令的命令!"

说罢,岩田展开电稿,大声念道:"今奉大命,率我武勋赫赫,战史辉煌之中国派遣军,不得已投降敌军。念及我征战万里、确信必胜、英勇善战之将兵,以及皇国之苦难前程,万感交集,无限悲痛。然圣断既下,事已至此,全军将士面临冷酷事实,宜彻底遵奉圣旨,毋趋极端,含辛茹苦,更加严肃军纪,保持铁石团结,进退举措,有条不紊,以显示我崇高皇军最后之英姿。泣血训示如上,望全军将士,珍重自爱。"

训令一出,士兵们捶胸顿足,庭院上哭声震天动地。

永富博之疯狂地捶打着树皮厚得犹如龟甲般的古树,直打得手上鲜血淋漓。

城野宏大步走到永富跟前,"噼噼啪啪"接连扇了他几个重重的耳光,使他从歇斯底里的疯狂中清醒过来。然后连发口令,将队伍重新集合起来,大声说道:"为了生存,我现在宣布三条禁令:第一,绝对不许抢掠在地居民,不得树敌;第二,征用粮食,一定要付钱,借用车马,一定付借用费;第三,严禁侮辱中国妇女。谁敢违犯以上禁令,重者枪毙,轻者逐出部队!"

城野宏与岩田施出霹雳手段,终于使这支已经崩溃的队伍恢复了元气。由于此时的乡间一片混乱,各种武装力量趁乱而起,城野宏为安全起见,让部队留在文庙里,窥伺动静,待机而行。

为了更有效地消除中国人的敌意,城野宏还下令把为数不多的军票分发给老百姓,买下他们有限度的宽容,甚至派出士兵清扫大街,鼓励士兵帮助老百姓挑水、劈柴。靠着临时抱佛脚向八路军学来的"三大纪律八项注意",日本人才得以待在文庙里,和中国人相安无事。

在这三天时间里,城野宏不断派出便衣四出侦察,结果北面和东面均发现了阎锡山的军队,南面公路,有中央军的车队通过。更要命的是,今天拂晓时分,一支来路不明的队伍,已经开进了县城。

这日天亮后,城野宏和岩田正在正殿和永富博之说话,一个军曹进屋报告,说有三个穿便衣的人要进屯子来见最高长官,现在已经到了庙门外。城野宏让军曹把来人带进大成殿,请他们坐下,问他们有什么事。

一个穿皮袍的中年人神气地说:"我们已经知道你们是一支从太原城里溃逃出来的日本军队,今天是专门前来考察你们的。还好,听说你们待在城里这几天没干什么坏事,对老百姓也还不错。不过,日本天皇已经宣布投降了,你们还带着武器,停留在中国的土地上耀武扬威,老百姓会怎么想? 所以嘛,还是请你们马上把武器交出来,以后的事情,咱们好商量。"

城野宏暗自庆幸自己对部队的严格约束,否则,中国人恐怕对自己就不会这么客气了……不过,这几个便衣是晋绥军、中央军,还是八路军方面的呢? 他们的意图是什么呢? 什么都不清楚,得观察一下。

于是他问:"请问,你们是哪个方面的? 凭什么要我把武器交给你们?"

中年人说:"我们是八路军派来劝降的代表,我叫周义勋,是交城县商会会长,这位是共产党领导的交城县大队的金钟明大队长。我们还专门带来了一位日本侨民给我们当翻译。"

城野宏说:"用不着翻译,我的中国话讲得和你们中国人一样好,你请说吧。"

周义勋会长说:"我们已经把散处在吕梁地区各县,和工矿企业的日本侨民,全部集中在了城里的文庙里,总共有一千多人。他们要求你们千万别和中国人发生战斗,那样就会影响到城里日本侨民的安全。"

翻译忍不住求道:"希望看在同胞的分上,放下武器吧,日本政府已经投降了,再打下去,除了会有更多的日本人死在北支那,已经没有任何意义了。"

金钟明大队长也说:"我们注意到你们这支部队的纪律很好,没有骚扰老百姓,所以才来和你们谈判,如果不是这样,我们马上可以对你们进行清剿。我们对你们的情况已经了解得一清二楚,你们只有两百来个人,又是违抗命令从太原城里逃出来的散兵游勇,对付你们,根本用不着出动八路军的主力部队,仅以我们交城县大队的力量,要消灭你们就易如反掌。希望你们能够认清形势,主动交出武器,保全自己的性命。"

"交出武器,没有问题。"城野宏爽快回答说,"我现在唯一的愿望,就是保证我这支队伍的安全,希望能够顺利地把他们带回太原去,哪怕有一个士兵被杀,我也会感到内疚。至于两千多名日本侨民的安全,我当然更要考虑。请你们放心,缴械投降,是支那派遣军总司令冈村……"

"什么支那?说话注意自己的身份!"金钟明大怒,冲着城野宏猛然喝道。

"啊,对不起,对不起,这是习惯,本人绝无恶意。"城野宏一怔,赶紧道歉,改口说道,"这是中国派遣军总司令冈村宁次大将,向全体在华日军将兵下达的命令,我们会痛痛快快交出所有武器和装备的,只是希望得到贵部和交城县商会人道的待遇!"

于是双方顺利地达成了协议:回去后交城县商会马上给日本人送来给养;第二天上午日方向中方交出全部武器和装备,随即由交城县大队护送日方至太原南门外五里处。

城野宏亲自把八路军代表送到院门外,随后回屋对永富大队长苦笑一声,说道:"你都看见了,现在我们还没有缴枪,就已经成八路军的俘虏了。你们说,明天怎么办?"

岩田叫道："南京的命令写得很清楚,要我们向蒋介石的政府军投降,怎么能够把枪交给共产党领导的八路军？"

目睹了刚才逼降场面的永富博之心如刀绞,轻轻地叹息了一声,恨恨地说："冈村总司令命令我们缴枪,军人只管执行命令就行了。管他政府军,晋绥军,还是共产党的八路军,对我们来说都一样。"

一名小队长大吼："投降是天皇的命令,作为军人,理当执行。可是,向敌人缴械投降是奇耻大辱,我本人宁愿选择玉碎！"

岩田清一斥道："你这样死,轻如鸿毛,有什么意义？你们最好的选择是跟着城野辅佐官残留在山西,为祖国的重建和复兴而战。"

永富博之惊诧地问道："残留山西,为祖国的重建和复兴而战？什么意思？"

岩田清一大声道："马上把你的人全部召集拢来,听辅佐官给你们讲一讲日本军人残留山西,重建和复兴祖国的意义吧。是的,日本战败了,但是,我们并没有绝望！"

永富发出口令,队伍在古树下整齐列队。

城野宏一开口,便将所有官兵的心紧紧地抓住了。

"日本被外国占领军控制的形势,不管日本人愿意与否,这是武力威胁下的无条件投降的唯一结果。而且这还意味着从前日本的殖民地朝鲜恢复独立,满洲、台湾归还中国,而将在大陆的势力损失殆尽。我们在海外的数百万日军和侨民是顺从地卷起旗帜,沮丧地回国呢,还是想什么别的办法把日本人的势力残留于海外,以图卷土重来,东山再起呢？作为身在海外的日本军人,这是无论如何都必须首先考虑的头一个严峻问题。"

城野宏施展嘴上功夫,向两百来个逃亡官兵大肆宣传他的残留理论：为了祖国的复兴,有血性的日本军人必须留下来控制山西！他的鼓动具体而直截了当,他说,我们残留在山西的重要目的,就是千方百计把战胜国一部分的山西省,从中国的独立体制中分裂出来,使其重新成为战败国日本事实上的殖民地。

所有日本官兵全都瞪大了眼睛,紧盯着这个虽然穿着黄呢将帅军服,挎着指挥刀,也仍然像个文弱书生模样的辅佐官。

城野宏拿起讲桌上的粉笔,在粗砺的黑板上画着山西省的地图,用充满激情的柔和语言描绘出来的远景,让每一个逃亡日本官兵怦然心动。他说,你们虽然战斗生活在山西,可是对山西有多么重要,并不了解。你们或许还以为山西真个是深山之国,遥远封闭的地方。从北京出发,乘京汉铁路火车,经过半日南下,就到了石家庄,从石家庄向西转就进入了石太线,一过娘子关,便是山西的范围了,从此开始接触到窑洞住宅的村落和散立着枣树、榆树的梯田等黄土高原地带的独特风光了。在习惯于河北平原生活的人们的眼光里,颇有进入异域之感。在著名的煤炭之城阳泉,沿着铁道两旁,堆积着从半立方米到一立方米那么巨大的炭块,了无尽头,绵延千米之长,这种壮观的景象常常使在一片葱绿中长大的日本人大吃一惊。

他说,对于了解中国历史的人来说,山西是具有最古老文化的地方,战国时代,这里是晋的土地,赵的国家,而且它还是以中国文化最鼎盛期而自豪的唐朝的发祥地,在太原附近的晋祠镇,有着唐太宗留下的诸多古迹。大同的石佛、五台山的伽蓝、天龙寺的遗迹是著名的文化遗产。

他还说,大家都知道,在中国各地都有关帝庙,在庙里被祭祀的关羽,就出生在山西的解县。关羽在流浪中,于河北省涿县会见刘备和张飞,在桃园与刘、张三结义,并发誓要完成天下大业……①

而当下,城野宏就要所有愿意残留在山西的日本军人,随他一起,共同完成一个远比中国的刘、关、张更为伟大的目标,那就是"卧薪尝胆,忍辱负重,为了祖国的重建、复兴而残留!"

城野宏充满激情的鼓动,有理有据的宣传,让所有陷入绝望之中的官兵重新有了活下去的希望,所有人都流下了眼泪,官兵们争先恐后表态,愿意推举城野宏为精神领袖,唯城野宏马首是瞻。更乐意为祖国的重建复兴,献出自己的生命。

城野宏对岩田清一和永富博之说:"该我做的,我已经做了。接下来,就得看你们俩的了。"

永富说:"我已经派人打探清楚了。这支土八路是从交城过来的,只有一个县大队,号称四百多人,其实只有两百多条步枪,几挺轻机枪,连掷弹筒也没有一具。"

城野宏叮嘱道:"现在是非常时期,只要能够让我们的人尽快平安地返回太原,能少杀人,就不杀人,能够做到兵不血刃,那就最好。"

永富为难地说:"枪声一响,我可做不到不死人。"

"我来,"岩田清一主动求战,"明天照我的方案进行。"

城野宏不放心,说:"我警告你,千万不要自作聪明,擅动杀机。土八路要枪,要子弹,就全给他们,武器装备太原城里有的是,只要能把这两百来号

---

①笔者注:城野宏一九六四年获释后回到日本,出版研究三国的专著数部,成为日本著名的三国研究专家。

人给我带回太原就行。"

大约三个小时后,周义勋和金钟明还带着人和两驾骡拉大车,如约给日本人送来了给养。好大几块刚开边的猪肉,看上去红鲜鲜的还冒热气,还有各式各样的时令蔬菜,几口袋大米和面粉。细心的中国人甚至还给日本人送来了两大坛高粱烧酒。

金钟明大队长说:"我们中国人说到做到,不打诳言,接下来,就看你们的了。"

城野宏说:"请放心,我们日本人同样会言出必行的。不过,我有一个要求,希望贵国政府能让我们不失尊严地投降。"

周义勋说:"这没问题。我们中国人注重面子,你们日本人也特爱面子,我们一定会把受降仪式搞得热热闹闹,让中日双方都有面子。"

城野宏说:"金大队长,为了向八路军表明我们投降的诚意,我现在就可以让部队先缴出一半以上的武器装备,让你用大车拉回去。剩下的,无非起一个仪仗的作用,让我们多少能保持一点军人的尊严,在明天上午的投降仪式上,再全部交给你们。"

金钟明说:"没有必要,你们是真心也罢,想耍手段也罢,对你们日本俘虏来说事关生死存亡,千万小心又小心,对我们,则没有什么意义。"

城野宏尴尬地道:"那是,那是。"

金钟明说:"出于礼节,我们共产党交城县委的华书记想请大家吃顿饭,喝杯酒。但不可能两百来人全部都请,所以请你们派出八位代表,前去赴宴。"

"什么,共产党的县委书记请我们战俘赴宴?"

城野宏和岩田清一、永富博之惊得目瞪口呆。这是怎么回事?难道八路军学到了老祖宗那一套手段,想给日本人来个"鸿门宴"?

城野宏说:"金大队长,请允许我们共同商量一下才答复你。"

金钟明哈哈大笑:"怎么,你们还不放心吗?我以八路军的荣誉和我个人的人格向你保证,我们共产党八路军绝对会恪守承诺。"

就在山门前的那株千年古槐树下,已经成为八路军俘虏的日本军官围着城野宏情绪激动,多数人认定请俘虏代表吃饭肯定是八路的阴谋,是想把日本人的领导者一网打尽,反对派代表去赴宴。

城野宏却力排众议,决定赴宴,他说:"我们现在已经差不多等于俘虏了,八路要想杀我们还能找不到机会?就算是'鸿门宴',我们也做他个饱死鬼。"

军官们自告奋勇地站出来七人愿和城野宏同生共死。

城野宏带领他们,随周会长走出文庙大门。交城县大队驻扎在徐沟镇上的小学堂里,站在门口迎接他们的不仅有金大队长,还有中共交城县委书记兼县大队政委华锋。

主人把他们请进一间教室,三张桌子上已经摆满了酒菜,花色繁多的中国菜肴十分丰富。二十四岁的华锋书记简单说了几句开场白,一杯礼节性的酒过后便开始吃饭了。

可是日本人一个也不动筷子,全都直挺挺地坐着。

华书记明白了他们的心理,便率先动筷子夹菜吃起来,然后城野宏、岩田清一、永富博之等日本军官代表才敢动筷子——他们不敢吃,是怕八路军在菜里下了毒。

饭后双方谈到了正题,城野宏说:"贵军给了我们很体面的处置,我们表示感谢。可是这种情况不可能持久下去,虽说我们都想马上回国,但是看来目前还不可能,因此我们希望缴出武器装备后,在没有条件回国之前,能够尽快回到太原,回归自己的部队。然后,在中国政府的安排下,尽可能地自己养活自己,采煤、修路、架桥,甚至种地,让我们干什么活都可以。"华锋说:"我保证,只要你们老老实实地把武器留下,愿意去什么地方,都没问题。"

次日上午,城野宏率领队伍,在周义勋的引导下出了文庙,正在小学堂的操场上举行受降仪式之际,阎锡山的一个团也突然开到了徐沟镇西大门。并派出军使,由旗手和护旗官陪护,进入镇上,勒令中共武装严格遵照蒋委员长"日军只能向中国政府军投降"的命令,将日军队伍及装备移交给他们。晋绥军是正规军,武器精良,还有各式大炮若干门,共产党的县大队自然不是对手。

但,明知打不赢,华锋和金钟明仍然拒绝了晋绥军的要求。

炮声一响,正待众人慌乱之际,永富博之趁机下手,抢回已经缴出的手枪,将枪口对准了华锋。城野宏和岩田清一等日军官兵也全都将武器抓在手中,与金钟明的县大队刀枪相向,乱作一团。

华锋厉声喝道:"我警告你们,你们胆敢开枪,没有一个人能够活着回到日本去!"

城野宏让永富将对准华锋的枪收起来,对晋绥军军使说:"为感谢八路军这两天对我们的盛情款待,我们不愿意伤害他们。我们日本军人不管是向蒋介石、向阎锡山的军队投降,还是向共产党的八路军投降,反正都逃脱不了当俘虏的命运,所以,我们愿意向贵部投降,但是,不愿意卷入你们中国人之间的矛盾和冲突。"

岩田清一挥舞着手枪大声嚷道:"辅佐官说得对,我们不愿与你们任何一方为敌,不过,谁敢向我们开枪,我们就打谁!"

晋绥军军使威胁道:"马上向阎长官的政府军投降,这是你们日本人唯一的选择。"

城野宏对军使说:"我们很清楚,按照重庆国民政府与南京日本派遣军总部的命令,在华日军只能向重庆政府军投降,在山西,则只能向阎锡山的部队投降,我们愿意向贵部缴出武器装备,但是我们有一个条件,我们缴出武器装备后,贵部必须将我们送回太原。"

军使说:"没有问题,安置战俘,原本就是我们的责任。"

金钟明气得跳起来大吼:"日本人,你们已经向我们投降了,难道做事可以言而无信?"

军使冲金钟明喝道:"这位兄弟,眼下我们和贵部还算是友军,如果你们一定要违抗政府命令,强行收缴日本军队的武器,那么对不起,我们就要收缴你们八路军的武器了!请你们到城墙上看看吧,你们面对的是阎长官最精锐的部队,只要把日本人移交给我们,我保证和你们井水不犯河水,若是抗拒不从,那就只好玉石俱焚,把你们一网打尽了!"

华锋和金钟明来到城墙上,看到灰扑扑的一大片晋绥军官兵散布在田野上,不下千人,还有十几门大炮的炮口,也对准了城墙。

为避免全城百姓和房舍财产毁于炮火,华锋和金钟明最终只得同意日本人随军使出城,向晋绥军投降。

当天,城野宏和岩田便带着这支两手空空的队伍,乘车回到了太原。

第六章

"对伯"工作

PART 6

全面抗战爆发后，阎锡山被国民政府任命为第二战区司令长官，指挥晋绥所有部队，下辖第六、第七两个集团军，蒋系汤恩伯的第十三集团军也归他领导，朱德为总司令的第十八集团军名义上也一直在他的麾下。但是自从太原沦陷以后，阎锡山抗战态度始终不坚决，在他的战区内，日军、蒋嫡系部队和八路军并存，所谓"存在第一"的哲学，成了阎的思想基础。一九三七年十一月八日太原失陷后，他先逃到临汾，次年二月日军进攻临汾，将他赶到黄河边晋陕交界的吉县。从此他在那里安营扎寨，选择一个偏僻山沟开凿了大量窑洞，取名"克难坡"，把山西省的党政军各大机关悉数安置在了那里。

诱降阎锡山的伎俩，日本人早在一九三九年就开始尝试了。

这年夏天，占据阎锡山家乡五台河边村的日军大队长菅川贺植少佐，通过河边村维持会，寻找阎的族人或亲戚给阎送信。结果找到阎的表侄刘春新。刘不愿去，又不敢拒绝，便推诿说自己从小没有出过远门，没法找到阎锡山。菅川少佐大怒，打了刘几个耳光。刘害怕，只好同意替日本人送信，不过从河边村到晋西南路实在太远，得找个同伴才行。菅川同意，于是刘春新又找到了本家刘进祥同行。菅川少佐给二人开了通行证,发了路费,交付给阎的信函。

其实,这两个青年人深感在日本人的统治下日子实在难过,干脆趁这个机会找到阎锡山,谋个差事罢了。他俩风尘仆仆到了晋西南,从小船窝渡过黄河,总算来到了第二战区长官部所在地克难坡,找到了阎锡山。谁知阎锡山看完信函,拍桌大怒,喝令:"把这两个汉奸拉下去毙了!"侍卫长张逢吉闻声进屋,一人一个,像拎小鸡儿似的将二人提溜出去,弄得二人连哭带叫,裤裆下湿了一大片,阎锡山也不理睬。

不过,侍卫长并没有将二人押上刑场,而是送进了宪兵司令部牢房。吃了五天牢饭后,两人又被张逢吉领了出来,刘春新进了内卫队,刘进祥进了电讯学校,八个月后当上了机要室的译电员。

二刘走后不久,菅川少佐又胁迫阎锡山的表兄曲容静(阎的心腹曲宪南的父亲)给阎写劝降信,曲推说自己年老有病,文化低,写不了这样的信。菅川便让维持会长曲宜善代笔,写完让曲容静落上名。这封信,由菅川送往太原第一军司令部,装在航空邮筒里,用飞机投到克难坡,晋绥军捡到信后交给阎,阎看后,同样不予理睬。

时间进入到一九四〇年,随着日军在战场上和中国军队转入相持阶段,对阎锡山诱降的工作,也随之升级了。

当时,华北方面军判断:"对第二战区司令长官阎锡山进行的怀柔招抚工作,在分裂瓦解重庆将领的工作中是有可能的,而且对其他方面的影响很大。"日本陆军省、兴亚院及中国派遣军总部对该项工作也"颇为重视",并联合"领导了该项工作",具体责成华北方面军驻山西第一军执行此项任务。日方认为该项工作的主要目标在于:"通过阎锡山的加入南京政府①,以促使抱机会主义态度的反蒋将领挺身而出,从而打开重庆政权崩溃的缺口,以此向中外宣传,以期有利于促进中国事变的处理。"

一九四〇年二月,东京大本营参谋本部派遣田中隆吉少将前往太原,接任第一军参谋长之职,那时的第一军司令官是筱吉冢中将。田中到任后,伪省长苏体仁设宴为其接风。田中事前了解到苏系阎锡山旧属,饭后谈话时,对苏说:"我这次奉调前来山西,除指挥日军剿灭山西境内的抗日军队,扩大治安区外,更重要的使命是设法和阎锡山建立沟通渠道,争取阎向日本投降。如阎愿意真诚与日本政府合作,南汪北阎,共同支撑中国大局,中国的

---

①笔者注:指汪精卫南京伪政府。

前途,必将是无限光明的。今后的对阎工作,希望省长阁下多想办法帮忙。"

苏体仁一听这话,大胆言道:"贵国政府能如此清楚地认识到,华北大局的善后,在日军的指导下非阎莫属,本人作为阎的旧属,倍感欣慰。对阎工作,事关日中提携,苏某定当尽全力协助阁下办理。"

很快,田中隆吉在第一军司令部成立了针对阎锡山的专门工作组。因阎锡山号伯川,故这项工作,在日军高层被称为"对伯"工作。

田中的心情十分急迫,答应尽全力协助的苏体仁刚派人给阎锡山送信。田中又通过另外的渠道,派白太冲偕同日军特机关的"嘱托"(日军中的文职官员)小林高安,到孝义县兑九峪,通过伪"兴亚黄军"司令蔡雄飞介绍,与驻隰县大麦郊的阎军警卫军军长傅存怀联系,说明来意。傅即拍电请示阎锡山,得到复电,准其前往。

白太冲是孝义县白壁关村人,其父在汉口经营钱庄生意,家中巨富。白常去汉口、南京、上海等地游玩,见多识广,谈吐不俗,仗义疏财,在孝义也算个名声在外的青年才俊。七七事变爆发后,国军一败涂地,争相南逃,黄河以北,很快便难见国军一兵一卒。

兵荒马乱之际,白太冲挺身而出,用家里的银两从溃兵手里买了些枪支弹药,率领一帮当地热血青年,进入汾孝山区,无师自通地和日本人打起了游击战,一次在汾阳至孝义间的公路上设伏,击毁汽车两辆,打死日本兵六名,生俘一名,白派人将这难得的"战利品",送往二战区长官部报功。二战区长官部也给他送来委任状,封了他个"汾孝地区游击支队司令"的官帽儿,白太冲很快便成为汾孝一带声名远播的抗日英雄。不过好景不长,一九三九年冬的一次战斗中,游击队遭日军夜袭,白太冲不幸落入敌手,被送到汾阳城里的日军宪兵队。当时汾阳宪兵队也有诱降阎锡山的任务。也知白在当地极有影响,审讯时问他是否愿意给日军办事,是否认识阎锡山,是否与驻扎在隰县孝义两县交界处的阎锡山骑兵军的军官熟悉。白答:我愿意为皇军办事。我虽没有见过阎锡山的面,但阎知道我,因为我的委任状上就是阎锡山签的名。我和阎锡山的骑兵军军长温怀光打过多次交道,熟得很,他手下不少军官还和我称兄道弟。

如此一来,他一点苦头没吃,便当上了汾阳宪兵队的便衣。

阎锡山接见白太冲后,对白的能力大加赞赏。白在克难坡半月,阎数次传见,并赐宴一次,并委白以少将参议兼平遥县长、敌区工作团团长三职,可见阎对白的器重。

此后,白太冲便与阎保持着直接的联系。他有着汾阳日军宪兵队便衣,和第二战区长官部少将参议兼平遥县长、敌区工作团团长的双重身份，日阎双方的大门都给他开着。他给日军送二战区、八路军的情报，也给阎锡山送日军方面的情报，他送的情报虽不完全真实，但也不完全是打胡乱说，因而他在日阎两方面都吃得开，在后来的日阎勾结中，他频繁往来于汾阳、太原、孝义、克难坡之间，起到了重要的桥梁作用。

此时的阎锡山正处于内外交困的境地，对于白太冲带着小林高安前来联络，自然欣喜。遂复信田中隆吉和苏体仁，表示"愿与日军合作，共同剿共，安定山西治安"。

由于阎锡山被困在吉县、乡宁那样物资极度贫乏的大山之中，还必须维持十来万晋绥军的开销，而自己的后方及其北面又处在八路军的包围之中。更要命的是他倾其老本创建起来的"新军"，又被他从北平监狱中礼请回晋，共谋保晋大业的以薄一波为首的共产党人控制，大有整个"新军"脱胎换骨成为八路军之势，自己屎一把尿一把，辛辛苦苦养大的娃娃，有可能突然变成别人的儿子，阎锡山一想到这事心里就像刀子扎。而国民党方面呢？也借抗战的名义，竭力削弱晋绥军，克扣军费，减少补充人员和武器装备。更为严重的是不断地用拉拢手段，在他的高级将领中秘密发展对象，挖他的墙脚。

让阎锡山含血喷天的，无疑是他最为倚重的大将傅作义，也背他而去，改换门庭，投到了蒋介石门下。

一九三七年秋，阎锡山一败于忻口，再败于娘子关，日军进逼太原城。关键时刻，傅作义挺身而出，愿守太原。阎锡山大受感动，决定把七十三师和一〇一师的建制划给傅作义的第三十五军。可是，傅作义未能守住太原，这就惹怒了阎锡山。为此，阎锡山电请南京政府将傅作义撤职查办。他甚至还电告蒋介石，说傅作义驻防晋西北期间，和八路军打得火热，还说傅作义的第三十五军已经变成了"七路半"，离八路军就差半步之遥了。

自来精明过人的阎锡山，万万没想到自己会傻得来拱手送给蒋介石一个千载难逢的好机会。

一九三八年冬天，蒋介石在陕西武功召开军事会议，傅作义应召出席。会议期间，蒋介石对傅作义表现出异乎寻常的热情，在"御前独对"时不仅大加抚慰，而且封官许愿，提出第一要提拔重用他，第二要给他扩大军队编制，准备把他的第三十五军从第二战区划归到第八战区序列，移驻绥西的河套一带。

傅作义对阎锡山的所作所为，早就觉察不满，觉得长此以往，总有一天会栽在阎锡山手里,早就动了改换门庭的念头,此刻一听蒋介石的话,自然是感激不尽,对蒋说了许多感恩戴德的话。

如此重要的事情,蒋介石竟然根本不给阎锡山打招呼,当即下令任命傅作义为第八战区副司令长官兼绥远省主席,还特批第三十五军除一〇一师外,另外扩编新编第三十一师、新编第三十三师。

阎锡山得知这一消息,怒气攻心,当着高干们的面大骂傅作义背信弃义。骂傅之余,他更加痛恨的则是蒋介石,觉得蒋太狠毒了,玩了一个小花招,就轻轻松松把他的一员大将,两师兵马,全部武器装备夺走了。更令他痛心疾首的是,经此变故,他失去了一个省的地盘,从辛亥革命起,他就是晋绥两省的最高统治者,又是晋绥军的最高统帅。可从此以后,他就只能在山西一省发号施令了。他一手创建发展起来的晋绥军,从此恐怕也得改名为阎军了。

蒋介石的这一刀刚刚过去,元气刚得恢复,不料第二年,阎锡山又干了一桩搬起石头砸自己脚的蠢事。他于一九三九年利用蒋介石在全国发动第一次反共高潮的机会,在山西制造"十二月事变",企图将对自己阳奉阴违,骨子里却只唯八路军总部和延安马首是瞻的山西新军(决死队等)、牺盟会以及所有进步组织、抗日民主政权消灭,然后再配合国民党中央军把八路军赶出他的势力范围,继续维持他在山西的一统江山。

阎锡山原想借口取消政委制,对新军中的共产党动手,但事与愿违,偷鸡不着反蚀米,薄一波等人先下手为强,把山西青年抗敌决死队的四个纵队中的阎系军官礼送出队,将队伍一呼隆带走,全部编入了八路军序列。蒋介石也趁火打劫,在晋东南、晋城、高平、沁水、阳城、陵川、浮山等县,陆续被蒋的中央军所蚕食、控制,阎锡山的地盘一下子损失了四分之三。更为重要的是把整个晋西北丢了,这使他在全国失去了山西是"统战模范区"的美称,把为他增添无限抗日光彩的牺盟会、决死队、战动总会一手推到了对立面。他的嫡系部队六十一军、十九军、独八旅,尤其是骑一军等部损兵折将,一蹶不振。第六集团军总司令陈长捷、孟宪吉等战败后也先后弃官抛印,改换门庭投靠了蒋介石,堂堂第二战区司令长官所统辖的军队仅有不到三万人,能供其粮草钱财的县份也只有寥寥七八个县,而且大都是人烟稀少、地瘠民贫的山区小县。

接连遭到蒋介石和共产党重创的阎锡山,为了保存和扩大自己的势力,不得不把目光投向了正与他的部下在战场上交手的日本人。而此时的日本已经与中国打了两年多,中华民族的抗日战争取得了重创日军的不小胜利,使日军付出了官兵伤亡和经济上的重大代价。日本政府清楚对中国想速战速决已不可能,为了尽快结束这场战争,日本急切希望蒋介石的中央政府对日妥协,甚至投降。与此同时,日本特务机关和已经叛国投敌的汉奸,想方设法拉拢他们认为可以同流合污的中国军政大员、地方实力派、失意政客,诱其叛国。因为阎青年时期在日本待过五六年,对日本人颇有好感,所以几任华北日军首脑均认为他是亲日的,一直希望拉住他对付蒋系势力,特别是用他来对付在华北日渐壮大的中共势力。他们认为此时的阎锡山,已经让蒋介石和共产党一右一左,不谋而合,打了个双锋贯耳,鲜血淋漓,气息奄奄,逼得来走投无路,正是诱使他上钩的最好机会。

第七章

自告奋勇的日本浪人

PART 7

不久，突然有两名日本人逃出长治日占区，越过战线，逃到了晋绥军第六十一军的战壕里，并自称前来向中国人投降。

很快，这两人被送到了克难坡，阎锡山命令把日本人交给二战区长官部交际处处长翟全晋调查审讯。

翟全晋把人领回交际处，却犯了难，因为他这里没人懂日语。这天吃午饭时，他在饭堂碰到阎锡山的表侄、在克难坡西北实业公司办事处任主任的曲宪南，便打上饭，坐在曲旁边，对他说："六十一军从临汾送来两个日本人，据说是自己跑过来投降的，其中一个会说几句中国话，但是听不明白，你日语好，请你帮忙问一下情况，我好向阎长官交代。"

吃过饭，曲宪南便跟着翟全晋去了交际处的窑洞，见到两个日本人，先作了自我介绍，谎称自己是长官部日文秘书。其中一个矮个中年人说他叫大矢正春，另一个高个年轻人说他叫前田千男。

大矢说："我是日军舞部队派出的代表，不顾生命危险，越过火线前来求见阎锡山阁下的。"

曲宪南道："报上你们的职务。"

大矢说:"我是日侨商人,前田是朝鲜人,是我的翻译。"

大矢随即打开包袱,从一件夹衣里取出日军军用证明书(介绍信)一件交给曲宪南。上面写的大意是:兹证明大矢正春、前田千男等二人系本部派往贵战区之使者。此致阎长官阁下。昭和×年×月×日。第三十六师团师团长舞传男中将①。

曲宪南把证明交给翟全晋,问道:"既然是日军派来的使者,有什么任务,请说吧。"

大矢说:"中日同文同种,不应互相残杀,日本军已经后悔,中日应即讲和。我们了解阎阁下素与日本友善,中日讲和,应从山西做起。因为日本军方,无人敢冒险前来,我为了中日两国的前途,为了挽救几千万中日士兵和老百姓的生命,将个人生死置之度外,所以才冒险前来。"

曲宪南把大矢说的情况告诉翟全晋后,翟对日本人说:"既然是因公而来,我负责保证你们的安全,不要害怕。"

翟全晋和曲宪南一起去向阎锡山汇报了从日本人口中了解到的情况,并呈交了大矢带来的证明文件。

阎很感兴趣,对翟说:"把他们送交李司令(宪兵司令李润发)优待看管,不许与任何人接触。只说他们是俘虏,不得泄露他们是来干什么的。"

只过了一天,阎锡山单独传见曲宪南,对他说:"你拿我这个手令去找李司令,再和那两个日本人谈谈,摸清他们来的真实目的究竟是什么,也看看他们生活得怎么样。"

曲宪南到了宪兵司令部,由李润发陪着,和大矢、前田闲扯了两个多钟头。大矢说的仍是前天那一套。

为了摸清楚他们和日军部队哪些人有联系,曲宪南说:"如果要想给你们的上司或朋友写信,报告你们已经平安到达二战区长官部,我可以专门派人到临汾投邮。"

二人听了很高兴,说:"我们愿意和日军取得联系,请你们稍等一下。"

大矢随即从包袱里取出纸笔,要了两个信封,写毕交给曲宪南。一封是寄给长治舞部队今井高级参谋的,一封是寄给太原友人的。信的大意是:经过千辛万苦,我们终于到达二战区的心脏部位克难坡,承特别优待,一切顺利,不要挂念等等。

让他们写信是想了解他们和哪些人发生关系,是不是真的由舞部队派

---

①笔者注:日本战败投降时,第三十六师团隶属南方军第二军,在新几内亚西北的萨米向澳大利亚军队缴械。

来的。从投信地址看,大矢既和舞部队有联系,也和太原日军有联系。

曲宪南把两封信带回,没有投邮,而是直接向阎锡山汇报。

再说大矢正春,原本不过是个跟着侵华军队到山西做生意的普通日本侨民,在太谷城里陆续开了两家日式旅店,过往日军和伪军军官,以及日本商人常住他的旅馆,所以生意十分兴隆,在军界和商界的朋友也很多,消息十分灵通。太谷宪兵队正是看中了这一点,才把他发展成了一名眼线,大矢也就增添了一种特殊的身份。

一次,大矢去太原办事,在火车上遇到了已成他好朋友的日军驻长治舞部队的高级参谋今井武义大佐。交谈中,今井谈到了当时对阎锡山的诱降工作,是华北方面最为迫切的工作。

大矢认为既然要诱降阎锡山,最重要的就是必须尽快见到阎本人,才能收到效果,如果只待在日本军队占领的地区,做些无关痛痒的工作,与阎锡山隔得那么远,怎么能让阎相信日本人有与他合作的诚意呢?

今井大佐说:"你的见解很好,我完全赞同。可是,我们到哪里去找这种能够为了皇军和国家利益,不顾杀头的危险,深入到阎方的勇士呢?"

自小渴望当武士,当英雄的大矢正春高兴得脑袋发晕,觉得自己很可能抓住了足以改变人生的重要机会。但他考虑到自己的卑贱的身份,又缺乏直截了当提出要求的勇气,只得鼓足勇气,旁敲侧击地说道:"不入虎穴,焉得虎子。为了天皇陛下,有必死的决心,才有希望完成这个极为重要的任务。"

"大矢,"今井听出了大矢的意思,盯着他问,"你说这样充满勇气的话,难道你想冒险去试一试?"

大矢说:"如果能把为天皇献身的机会给我,我会万分感谢你的。可惜的是,我不是一个军人,我的身份太卑贱了。"

今井说:"你如果真的愿意深入虎穴,我可以给你出证明,作为舞部队代表的身份前去。"

大矢忽地站起来,冲今井大佐深深鞠了一躬:"大矢太感谢先生了!"

今井大佐回到长治,向师团长舞传男中将请示商量后决定,派翻译一名,前往太谷,陪同大矢前往。

舞部队派出的翻译,正是朝鲜人前田千男。前田拿着介绍信,找到望眼欲穿的大矢。这是他们的第一次见面。

日本人把这场假戏演得像真的一样,拂晓时分,原野上浓雾茫茫,突然枪声脆响,只见两名身着便衣的男人冲上日、阎两军阵地前面的无人地带,日军不断地向他们射击。晋绥军官兵被惊动了，集中火力，将日本人的火力压了下去。

两个男人连滚带爬地进到了晋绥军第六十一军的前沿战壕，高声叫着："我们是日本人！我们是来向贵军投降的！"

过了两天，阎锡山又派曲宪南去看看两个日本人。

这次没来那么多弯弯绕，曲宪南直截了当地问大矢："你究竟和太原第一军司令部有没有联系？"

大矢说："我和太原第一军楠山参谋长曾经见过一次面，和几位参谋是朋友。舞部队虽然是地方部队，但也是奉太原军司令部的命令办事的。所以，舞部队派我前来与阎阁下联系，也应当是军司令部的意思。"

阎认为大矢虽与日军有联系，但不是军人，又系日军驻长治部队派来的，自不会有什么表示，他只想与日军高层直接联系。于是，他决定将抗战初期白太冲游击队抓获的日本俘虏交给大矢，并派心腹将他们送回太原。

这名日本俘虏名叫小林一雄，被俘时才十七岁，系汽车队的一名实习兵。刚刚送到二战区长官部时，很多人都去围观，阎锡山也去看了一下，过去前线送下来俘虏，都转交西安日俘管理处收押。可这次阎锡山看了后，当即吩咐侍卫长张逢吉："这还是个连人毛都没长全的娃娃嘛，不要送走了，交给杨贞吉看管，上干部灶，生活上给予优待。"接着还补了一句："如果老实安分的话，不要限制他的行动，让他随便玩。"

从那以后，克难坡上，便时常可以看到一个屁股上挎着盒子炮的阎军士兵，带着一个面相清秀的日本兵到处闲逛。碰上懂日语的人，小林就一定会说："我的爸爸已经在满洲战死了，以后如果能够回到日军部队，我决心再也不当兵了，马上请求回国，和我的妈妈和弟弟团聚。"

没过两天，阎锡山决定由李润发派人将大矢、前田，连同小林一雄一并送到隰县，交给第七集团军总司令赵承绶，再由赵派人送交太原第一军司令部，如此一来，阎锡山也就直接和日军高层直接发生了关系。

赵承绶派其驮运大队大队长、阎锡山的侄孙阎立人经双池镇到灵石火车站乘同蒲线火车到太原，径到坝陵桥第一军司令部。

但对外，阎锡山则让省公安厅长杨贞吉放出风来，说日本俘虏夜间逃跑，被杨贞吉派人抓住后，就地枪决了。

田中隆吉亲自接见阎立人，对阎锡山送还日本士兵和大矢、前田表示感谢，特送给阎立人伪联币一千元，让他给阎捎信说："日军愿与晋绥军合作，协力剿共，恢复山西的政权。承送还俘获日人三名，足见阎长官诚意，希两军亲善关系,日益增进。"

阎立人在太原花天酒地地玩了几天,田中隆吉又派人把他送到双池镇,从这里再往前,就是赵承绶部控制的地盘了。

受到第一军司令部奖励的,还有大矢与前田。大矢回到太谷,仍然开他的旅馆。他被严厉告之,对所做的一切必须严格保密。

所以,让大矢正春深感遗憾的是,他只能做一个无名"英雄"。

田中隆吉参谋长投之以桃,报之以李,根据阎锡山迭次提出的要求,他答应将阎军各高级将领在太原的私宅交还;待日军在中条山发动的战事打胜后,即允许阎锡山的部队向太原方向移动。

日本人原想扔坨冰糖给阎锡山含着,偏偏阎感兴趣的是枪支弹药,地盘兵源再加钱,他眼下拿部下的空房子有甚用?现在回太原又有甚用?太原城头迎风招展的是红通通的太阳旗,日本人还能允许我姓阎的回到晋府发号施令?

而恰恰日本人骨子里想的就是先把阎锡山引诱回太原,再把他的兵力分散到各地,叫他当个满洲国溥仪那样的傀儡。所以双方你来我往,谈了若干次,却毫无进展。

正在胶着之际,已经回到东京担任兵务局局长的田中隆吉飞到太原,对驻太原的日本第一军将领们说:"只要阎锡山愿意投降,他要什么就答应给他什么,暂时不必和他斤斤计较条件。"

这一来,阎日间的勾结,又再次活跃起来。

六月,阎日双方在太原秘密签订了一项军事换防协定:日军先将灵石境内的双池镇据点交给阎军驻防。为了遮人耳目,阎锡山令骑兵第一军军长温怀光速派一部兵力连夜出发,以佯攻的方式占领双池镇。温怀光即令骑兵第一师师长赵瑞率一个团的兵马,向双池镇疾进。快到双池镇时,赵瑞命令部队朝天开枪开炮十多分钟后,见日军已经退去,才驱兵进入镇内。

到了年底,阎日之间相互联系的层级一下子提高了。

十一月里的一天,时在克难坡上的阎锡山把第七集团军总司令赵承绶叫到办公室,耳提面命了一番。

阎说:"目前咱们的处境很不好,蒋介石要借抗战的名义消灭咱们,不发给咱们足够的经费,也不给补充人员和武器,处处歧视咱们,事事和咱们为难。共产党对咱们更不好,到处打击咱们,大抢咱们的地盘。八路军在山西各地有严密组织,加之长于宣传,把老百姓都拉拢过去了。如果日本人再打咱们,那就只有被消灭。咱自己的人也不稳定,宜生(傅作义字)、陈长捷、孟宪吉已离开咱们,还有人也在动摇。青年干部左倾的跑到延安去了,右倾的跑到草字头(指蒋介石)那里做官赚钱去了,胡宗南在西安就专门挖咱的干部。咱们如果想在中国求生存,非另找出路不可。"

赵承绶附和着阎锡山的意思说:"主任说得对,存在就是真理,只要能存在住,以后怎么转变都可以。"

阎锡山说:"如果存在不住,还能谈到其他事业吗?抗战固然是好事,但又没有胜利把握,就是打胜了,也没有咱们的份,这天下还是草字头的。权衡情况,目前只有暂借日本人的力量,才能发展咱们自己,这是一个不得已的办法,也是咱们唯一的出路。日本人也想依靠咱们,前些时候派过来一个人,在克难坡住了几天,我已经叫迪吉跟他到太原,和苏体仁、梁上椿他们研究研究,看有没有机会和办法。现在他们接上头了,叫我派代表去太原。我认为现在公开派代表去太原,还不是时候,所以约定派人先在孝义白壁关村和他们会见。我想别人不可靠,你去最合适,你和苏体仁、梁上椿他们很熟,他们自会协助你的。"

阎锡山两眼看着赵承绶,好像等待他的回答,见赵耷拉着脑袋许久没有说话,便接下去说:"你这次去,主要是商量四句话,即'亚洲同盟,共同防共,外交一致,内政自理'。前三句对日本人无害,他们也希望这样做,会同意的。第四句可能有争执,一定要争取做到。如果内政不能自理,老百姓就不会相信咱们,不跟着咱们走,咱们就不会有力量,那我凭啥和他们合作?这四句话,前三句是咱们迁就他们,后一句也要求他们迁就咱们一点。如果要让咱们像汪精卫那样当汉奸,我是绝对不会干的。"

接下来,阎又告诉赵几点具体要求,要赵迅速安排前往。

赵承绶虽然思想上很矛盾,但还是带上自己的参谋长续志仁,换上便衣,秘密地到了孝义县白壁关村,对外宣称在白太冲家里摆香堂,发展青帮收徒弟,实际上是等着日方代表的到来。

第二天,汪精卫的伪中华民国临时政府任命的山西省长苏体仁与省公署参议梁上椿陪同日军第一军参谋长楠山秀吉少将到来,他们也都身着便服以遮人耳目。抗战以前,赵承绶与苏体仁、梁上椿都是阎锡山的部属,彼此相当熟悉。

苏体仁私下向赵承绶探询阎锡山的态度:

苏体仁

"老总这次下决心真诚和日方合作呢,还是应付一下？如果只是应付,我好想应付的办法来配合老总。如果是真诚合作,就认真安排。"

苏体仁系山西朔县人,本是贫苦出身,十年寒窗苦读,方出人头地,后毕业于日本东京高等工业学校,回国后,担任山西省立一中校长。后得阎锡山委任的天津市长南桂馨推荐,调任山西大学预科学长兼省政府日文秘书,逐渐成为阎锡山心腹幕僚之一,曾被阎委任为省政府参事、外交处主任、绥远省财政厅长、驻京代表。他在京、津、绥等地时,与日本驻军、大使馆、洋行等间谍特务机关过从甚密,私交甚笃。七七事变后,伪华北政府成立时,日方通过日本大使馆参赞原田,伪方通过王揖唐,拉南桂馨出任建设总署署长,遭南严辞拒绝。原田和王揖唐也拉拢苏体仁作建设总署次长。苏知道南已经拒绝,表示绝不会干。为避免日伪纠缠,南桂馨干脆装病躲进了德国人开的医院。日本人则盯上了苏体仁,认为不论从苏的学历、能力、资力、阅历、社会关系、留日背景,还是从日语口语表达能力方面讲,都符合日军占领山西后,选择汉奸头面人物的标准。于是千方百计逼苏回晋组织省政府,为了逼苏就范,甚至派宪兵到他家中进行搜查,吓得苏也称病躲进了名医蒲柏杨开的医院里。稍后,在天津当面向阎锡山请示,并得到阎认可后,苏遂决定回晋。

一九三八年六月二十七日,隶属于华北政务委员会之下的山西省政府正式成立,苏体仁正式出任山西省省长。

赵瑞在《阎日勾结真相——山西文史精选》一文中说:"在这个时候,阎锡山秘密派遣他的文武官员公开投降日军,为他准备后路。太原沦陷后,山西第一任伪省长苏体仁,是阎锡山预先在天津安排好的。在苏体仁粉墨登场以后,阎锡山口口声声称什么'苏先生',他说:'苏先生早回太原去了,我想如果我回太原去,日本人一定要郊迎十里。'又指使他的高干们对在秋林受训的学员说:'苏先生不是当汉奸,如果是汉奸,人家还给我们维持晋钞吗？'"

赵承绶按照出发前阎锡山和他谈话的大意,对苏体仁作了说明,并向苏探询日本方面能不能先拨给些粮款以及武器弹药等。

苏体仁说:"看情况,只要会长能早日通电脱离重庆,进驻太原和孝义,这些事都是可以办到的。"

赵又探询:"日方是否有合作诚意？"

苏说:"日本人是想依靠会长的,华北方面的局面,也只有会长才能撑起来。只要会长能回太原或者到北平去,华北方面就会稳定下来。问题就看会长怎样做了。"

赵承绶依照阎锡山事前嘱咐的话对苏说:"会长进驻孝义或太原,目前时机还不够成熟,条件也不够充分,得一步一步地来。"

赵承绶和楠山秀吉会了面,会谈时,赵把阎锡山提出的"亚洲同盟,共同防共,外交一致,内政自理"的理论,照阎的嘱咐说了一番,又要求日方先给晋绥军队装备三十个团,所有武器、弹药、服装、粮饷以及兵员,均由日方供给。

楠山口头上完全答应,并说:"只要阎阁下诚意合作,一切都好办。"但又说:"须待阎阁下回到太原后,再商议决定。"

会谈结束后,楠山和苏体仁等马上离开,赵承绶也立即返回克难坡向阎锡山做了交代。

紧接着,日军便主动把孝义县属的兑九峪、胡家窑、高阳镇等据点让给阎锡山,由阎的骑兵军派部队接防,名曰"让渡"。

阎锡山却不知足,日本人扔给他个手指头,他顺势就想啃拢手倒拐,拿这让渡给自己增添点威望,没想惹恼了日本人,把他痛打了一顿。当温怀光调动骑兵军前去上述地点接防时,前次"收复"双池镇尝到甜头的阎锡山,再次指使温怀光亲率赵瑞的骑一师、沈瑞的骑二师,仍以佯攻的方式,向天空鸣枪打炮,故意弄得来地动山摇,力图制造出阎军用武力收复失地的假象,既能掩饰和日军勾结的事实,又能往自己脸上贴金。

不料这一番举动,却激怒了当地驻防的日军,认为阎军的动作严重损害了大日本皇军的威望,迟迟不肯按期让渡,甚至还向阎军发起反击,双方都有伤亡。

温怀光只得请白太冲出面,向驻扎兑九峪的日军部队长再三道歉,一场小小风波,才告平息。

第八章

做汉奸的滋味

PART 8

一九四一年三月,阎锡山再次派赵承绶到孝义白壁关和日方举行第二次会谈。这次赵带有温怀光和续志仁,而日方只派出了专门负责与阎锡山联系的一个叫宫内的中佐。

温怀光参加这次会谈,是阎锡山特别指定的。

日本人派宫内参加会谈,一面是代表第一军,但主要是为了解决驻汾阳的若松旅团和温怀光的骑兵军的协作问题。由于事前早已谈妥,所以会谈时间并不长,也没有什么仪式,双方发表意见后,迅即达成口头协议。内容如下:

一、日、阎双方必须消除敌对行为,互相提携,共同防共。

二、前线部队彼此友好往来,互派人员联络,不得发生冲突。

三、离石——军渡(黄河东岸)公路以北地区,对八路军之进剿,由日军负责。

四、离军公路以南,汾阳、孝义以西地区,由晋绥军负责。必要时,双方可对八路军实行会剿。

协议签订之后，赵承绶又要求日方把孝义县城让渡给阎军接防，作为双方进一步合作的条件。宫内表示自己同意，并答应向太原军司令部请示后再作最后决定。

宫内要求温怀光派高级军官到汾阳城内和日军"联欢"，并且说："欢迎温阁下亲自带队来。"

赵承绶和温怀光都表示："如时机成熟，可以去汾阳。"

同年六月初，日军派人通知阎锡山，愿将孝义县城，再行"让渡"。但附带声明，这完全是出于增强双方友好，日军才答应将孝义县城"让渡"给阎军，因此，阎军不得沿用对双池镇、兑九峪的佯攻故技，不得对外宣传说将孝义县城"攻占"，再次损害皇军的威望，如再故伎重演，皇军将断然把孝义县城收回。

当温怀光率骑一军军部和沈瑞的骑二师进驻孝义县城后，日军不放心，派了两名军官留在城中，监视该军有无"攻占孝义"之类的虚假宣传。温怀光每天派人送上好酒好肉再加漂亮女人，把两个日本人当亲爹似的供着，并亲自向二人拍着胸膛保证，此次绝无虚假宣传。

这时，阎锡山深怕温怀光应付不了局面，要赵承绶把第七集团军总司令部也由隰县移驻孝义县城，由赵总揽一切。

赵承绶出发前，阎锡山对他说："这次日本人把孝义城让给咱们，让共产党抓住理由，可以直接打咱们了。他们为了师出有名，肯定会大力宣传咱们和日本人妥协、投降，对咱们很不利。但这个县可以征到不少粮食，孝义一县，可抵晋西四五个县，还可以伸展到平遥、介休边上，这又对咱们非常有利。温军长很难应付这个局面，你到孝义去，一定要督促温军长赶快先把孝义城郊防御工事修好，立于不败之地。外围阵地，一定要在八路军炮火打不到城墙的距离以外，选择地形修筑。你去后要赶快征粮，征得越多越好。"

两个月后，阎锡山给赵承绶拍来电报，说与日方交涉已办妥，对方要求派一能代表他的人到汾阳签字，阎让赵承绶代表他前往。

八月十一日，赵承绶带上温怀光、续志仁、齐骏鸣（骑兵军参谋长）、赵瑞、白太冲、刘迪吉，由孝义城出发，故意放风到前线侦察地形，骑马向孝义、汾阳两县城中间的田屯镇驰去。

在距离日军在汾阳、孝义之间一个叫田屯的小镇五六里的地方，赵看见路上没有行人来往，赶紧下了马，一行人钻进路旁的高粱地里，脱下军装，换上事先准备好的长衫马褂。刘迪吉、白太冲先进入田屯镇内与日军联系，赵承绶几个高级将领也随后跟进。

这时,日方派华北方面军参谋茂川中佐和第一军参谋土田少佐等几名中下级军官到村外迎接,白太冲一一作了介绍,匆匆进入村中,分乘日方备好的汽车,驶入汾阳城,住进日本人办的一家旅馆。

苏体仁和梁上椿前一日已从太原赶来,正在旅馆候迎。

晚上,赵承绶和苏、梁商谈签字问题,苏体仁和梁上椿十分高兴,还一再给赵承绶打气。

赵承绶问他们:"日本人能不能在签字后立即拨给武器、弹药、粮食和款项?"

二人异口同声回答:"当尽力而为,务必设法早日办到,希望会长也能早日通电。"

苏体仁还说日方希望赵承绶和温怀光在签字仪式上穿国民党正规军服、佩带军衔,以示郑重。

赵承绶推托说:"国民党那些东西在抗战一开始就丢光了,现在哪里去找得到?如果一定要我们穿军装,那就只能穿现有的晋绥军的灰布军装出席。"

由此,赵承绶联想到日本人可能要在仪式中照相、拍电影,将来做宣传材料。因此,要求苏、梁两人向日方说明,请不要在仪式进行中拍照、拍电影。苏、梁答应回去即向日方转达。

从苏、梁口中得知,日本方面十分重视这次签字仪式,特派华北派遣军参谋长田边盛武中将前来主持。同来的还有第一军参谋长楠山秀吉少将等人,都住在若松旅团司令部。

一九四一年八月十二日上午九时,赵承绶和温怀光两人身着晋绥军旧灰布军服、皮靴、武装带、军人魂,以及军衔章等装潢门面的配件,续志仁、齐骏鸣、赵瑞等则身着便衣,偕同苏体仁、梁上椿,由日方茂川、土田两个佐级参谋接至汾阳县城的日军若松旅团司令部,和田边盛武、楠山秀吉、若松等礼节性会见。双言略微寒暄后,赵承绶临时提出一个要求:"在签字仪式上,无论如何,请勿照相。"

日本人相视而笑,不置可否。

十时整,日方将领人人脚蹬长统马靴,身着夏季军礼服,腰挎指挥刀,戴着白手套,首先进入签字会场——汾阳城内南水井三号一所大宅院主楼的屋顶花园——端坐在上首正面,昂首挺胸,板着面孔,摆出一副高高在上的战胜者姿态。

赵承绶、温怀光、赵瑞等率其随员以及苏体仁、梁上椿、刘迪吉、白太冲等"中介人",陆续登上会场时,日本将领端坐在那里,一动不动,由其参谋人员按指定座位引导入座。

签字会场上悬挂着两面国旗,位置不是并排,而是上下,日本太阳旗在上方,中华民国青天白日旗在下方。会场是日方布置的,事前赵承绶等啥也不知道,任由对方摆布。

不一会儿,签字仪式开始,会场周围环列着十多名日军宣传班的军官,人人带着大大小小照相机和摄影机、录音机,"动作"起来,赵承绶等连忙躲闪,可是已经来不及了。赵承绶着急得不行,赶紧以目示意苏体仁、梁上椿,要他们出面劝阻。二人却只向他微笑着摇摇头,表示爱莫能助。赵承绶无法可施,只好任其拍照。

接下去,田边盛武首先拿出冈村宁次的指派书,与赵承绶交换阎锡山的指派书。冈村宁次的指派书很规范,细致,逐条逐款,内容详尽具体,并特别指明指派田边盛武和阎锡山签订停战协定。而阎锡山的指派书,刚刚十个字,一张皱巴巴的第二战区司令长官部的信笺上,用毛笔龙飞凤舞地写着:兹派赵承绶为全权代表。

田边摇着头看看赵承绶,表示强烈不满,赵承绶也不加解释。田边无奈,事到如今更无法纠正,只得按预定程序继续进行下去。接着田边盛武和赵承绶就在用日、中两种文字打印好的《日本军与晋绥军基本协定》上签字。这个基本协定内容很具体,日方为了收买阎锡山,把他提出的所谓"亚洲同盟,共同防共,外交一致,内政自理"几句话作为"原则",放在"前言"当中,并决定"阎、日双方彻底停止一切敌对行动,亲善友好,共同提携,实现东亚共荣"。其具体条款如下:

一、日方实行条款如下:

1. 日方给予阎方步枪五万支,轻机枪五千挺,重机枪五百挺,并配给一个动员额的子弹;

2. 日方给予阎方军费(国币)两千万元,另给阎本人机密费七百万元;

3. 日方供给阎方军队给养及一部装备;

4. 日方先拨给阎方能新成立五十个团的壮丁及全部武器、装备,而后根据形势发展,再继续拨给五十个团的壮丁和武器、装备,以充实阎方力量;

5. 日方将雁门关以南全部山西地区的政权让渡阎方,由阎方陆续

派人接任各县县长之职。初步接管晋中各县及晋南、临汾等县,再逐渐接管其他各县;

6. 日方将山西境内同蒲(宁武以北除外)、正太(娘子关以西)两铁路管理权让给阎方(这一条因有争执,后来日方答应"共管")。

二、阎方实行条款如下:

1. 本人即刻通电,表明脱离重庆政府,发表"独立宣言";
2. 本人第一步先进驻孝义,待日方将晋中各县政权交让后,进驻太原,接管雁门关以南政权,扩充力量,再进驻北平,和"南京政府""合作",或担任"南京政府"副主席兼"军事委员会"副委员长;
3. 而后根据形势发展和需要,阎可以组织"华北国";
4. 阎方营以上部队,必须聘请日本人担任顾问及辅佐官;
5. 阎方将通往陕西的黄河渡口小船窝(吉县境内)让给日军驻守。

赵承绶签的是阎锡山的名字,盖上阎锡山的印章,另在下边签上"赵承绶代"字样。

双方签完字,互相交换文本仪式完成,田边起立和赵承绶握手,说了两句客气话,还碰杯喝了一口香槟酒,才分别退出会场。

回到旅馆,赵承绶十分懊丧。首先,日方以战胜者自居的高傲态度,使他感到受到极大侮辱。赵是个一向高傲自居、骑在别人头上作威作福惯了的人,今天是他有生以来第一次受到的最大侮辱,心里自然十分不痛快。第二,明知道这是一个卖国条约,把自己的名字签在上面,虽然用了一个"代"字,良心上仍然自责,无以自慰。第三,日方大拍照片和电影,必然要大肆宣传一番,马上就会臭名远扬,千古骂名也从此落下,今后有何面目见人。

可是,当他和苏体仁、梁上椿谈到上了日本人的当,被强行拍了这么多照片时,苏体仁冲他一声苦笑说:"你这算什么呀,我们的照片比你多得多了。"

梁上椿也说:"吃猪肉还怕腥吗?像我早就是人人皆曰可杀的大汉奸了。可我们为会长所做的这一切,有多少人知道、理解。"

除了签订书面协定外,还有口头协议,阎方先在汾阳县城设立办事处,其办事处人员由日方发给特别通行证,可以通过孝义、汾阳间日军哨所,以便经常联系。

举行"签字仪式"的当天晚上,田边和楠山,在赵承绶等人住的日本旅馆举行宴会,双方参加"签字仪式"人员和苏体仁、梁上椿都参加。日方一变其在"签字仪式"时的高傲态度，极力表示和赵承绶等阎方人员"亲近"，并赠送伪联币二十五万元、法币七十五万元及布匹等给赵承绶一行。

赵承绶这次在汾阳共住了三天，由日方派汽车送至田屯镇，又骑马回到孝义，随即去克难坡向阎锡山亲自报告。

阎锡山听了报告后，点头表示满意之外，察觉到赵承绶的情绪有点懊丧，鼓励赵要"忍辱负重"，还说："日本人就是这样，办公事的时候，态度总是严肃认真，私人接触，又显得十分和蔼、客气。"

日本人这次下的赌注不小，的确花了血本，对阎锡山颇有吸引力。但阎与日方达成协议的根本目的是"存在"下去、扩大实力，所以他迟迟不肯公开表态降日，而希望从具体条件入手。

日方坚持要阎先离开克难坡进驻孝义县城，发表脱离重庆政府的通电，然后才能履行"汾阳协定"规定的细则。阎则坚持日方要先履行细则，自己才能进驻孝义，发表通电。

阎要赵承绶赶快回孝义，尽快先成立汾阳办事处，人选由赵决定，必须按照协定条款，先向日方催要东西，特别是先要武器和钱。

阎还说："要想办法在太原、汾阳、孝义、运城成立几个办事处，以便办理履行细则。"

赵承绶回到孝义后，即派第七集团军总司令部中校参谋杨向山和白太冲到汾阳筹备，正式成立汾阳办事处，由白太冲负责。此后，日方曾先后给过阎锡山一万支步枪，由骑一军派车于夜间从汾阳拉回，补充各师团。另外还给过一部分粮食，主要是高粱，用民间大车拉到兑九峪等地。

阎锡山为了履行"汾阳协定"中所规定的"日阎之间彻底停止一切敌对行为"，实行"亲善友好"，便严令他的前线部队"绝对不准向日军开枪射击，以致发生冲突，违者除对该部队主官严加惩处外，所有消耗弹药，一概不准报销，并应负责加倍赔偿相应的弹药费"。

阎锡山又于八月下旬，令赵承绶派一个团去敌占区活动，赵承绶接令后，把骑二师第五团团长杨诚叫来，对他耳提面命："我们已经和日本签订了停止一切敌对行为的协定，你这次行动的主要目的，是对八路军进行武力侦察，切不可与日军发生冲突。"

杨诚受令后，即率该骑兵团出发，当到达东西段屯后，驻介休的日军即对杨诚部节节推进，形成包围攻击的态势。杨诚命令部队只取防御态势不准开枪射击，并亲自前去与一个日军大队长面谈，说明"共同防共"的来意，日军旋即退去。当杨返回孝义向赵承绶复命时，赵对杨亲自前去与日军指挥官沟通一事大加赞赏,遂推荐杨诚到克难坡将官培训班受训。

阎锡山为了早日实现"汾阳协定"中规定的"本人第一步先进驻孝义",特令已经进驻孝义县城的温怀光,负责构筑大规模的防共工事,并指示在克难坡受训的杨训:"除加强孝义原有城墙外,再在城外构筑大量的围廊、复廊、外廊三道阵地,外廊到城墙的距离,一定要在火炮射程之外,决不能让八路的炮弹,落一发在城里。"又说:"这样的防共工事,要连更赶夜地修,越快越好,越坚固越好。你回去给温军长说,等孝义的防共工事完成后,要请八路军去参观,告诉他们,来来来,你来打!看你能把我怎么样?"

这时,日美和谈之说,正哄传一时。阎锡山认为日美必然会和,罗斯福可能牺牲中国,迁就日本,蒋介石在这种情况下,必然先和日本妥协。阎锡山的高级幕僚大都附和他的这个说法,只有孙楚一人认为日美必战,日本必败。阎锡山根本不理睬孙楚的意见,深恐美日妥协,日本帝国主义势力再扩张后抛弃掉他。因此,更积极与日方加强勾结。但另一方面,他又怕一下子拿捏不稳,所以也不得不观望一下,看看日美和谈的结果如何,再作下一步打算。

到了一九四一年十月,阎、日双方又在太原举行了为充实"汾阳协定"中有关"防共协定实施细则"的谈判。十月初,赵承绶、续志仁到太原,在东典膳所一号成立办事处。因此处房屋不甚富裕,档次也不高,日军便将新民街十二号日军前太原警备司令池上的公馆腾出,作为赵承绶的下榻之处。

首先由日军第一军司令官岩松义雄正式与赵承绶会见,继而由山西派遣军参谋长楠山秀吉与赵承绶会谈,并于十月中旬签订了《防共协定实施细则》。

其主要内容为:

1. 日方分批拨给阎锡山壮丁五万名(由原先承认的十万减至五万),步枪十万支,适当配备训练人员及弹药。

2. 日方第一批拨给阎锡山步枪二万支。阎锡山收到后由吉县移驻隰县。

3. 日方第二批拨给阎锡山步枪三万支。阎锡山收到后由隰县移驻孝义。

4. 日方第三批拨给阎锡山步枪三万支。阎收到后,通电反蒋,由孝义移驻太原,将吉县小船窝渡口移交日军进驻,晋绥军由晋西向南同蒲沿线移动。

5. 其余步枪二万支，按需要由日方一次拨给之。
6. 双方进行物资交换。

太平洋战争爆发不久，阎锡山为了摸清日军的情况，便打电报给待在太原城里和日本人密谈的赵承绶，让他尽快返回克难坡。

这时，赵承绶在太原已经住了三个多月，看到不会有什么结果，又憎恶新任第一军参谋长花谷正那副凶神恶煞，居高临下的样子，早就巴不得离开太原，接到阎锡山的电报，马上决定尽快启程。

赵承绶正准备离开太原时，华北方面军司令官冈村宁次认为与阎锡山的谈判进展太慢，专由北平飞到太原亲自布置。

冈村宁次到太原的当日，日方即通知赵承绶去会见。

赵由给他临时做翻译的杨宗藩（苏体仁的女婿）陪同，到东华门十九号日军招待所见了冈村。

冈村说："请你赶快告知阎先生，我们日本方面，是要和能代表中国人的人合作。阎先生是华北老将，我们考虑再三，最好和阎先生合作。阎先生是辛亥革命以后在华北的第一个人物，华北人很拥护他，我们既决定和他合作，就一定支持他。我是代表日本政府的，我答应的事，决不会有问题。我们既能把华北交给阎先生，就要让他有力量能维持华北治安。请阎先生放心，不要先斤斤计较一枪一炮。我们和阎先生合作，对阎先生有好处。阎先生在日本士官学校留学时，我就做过他的区队长，算是他的老师，难道我这个做老师的还会欺骗自己的学生吗？现在时机对阎先生有利，请你转达我的意思，万勿失去机会。并请代我向阎先生致意。"

赵承绶答应："我马上就要回晋西去，一定把你的意思转报。"

回到驻所，赵承绶立即把这一情况详细电告阎锡山，马上得到回电："他不放心，咱可是有诚意，应赶快履行'汾阳协定'条款，拨给人、枪，还有钱。咱必须尽快武装起力量，才能拿起华北；没有力量，连山西也拿不起，哪里谈得上拿起华北。向他直接交涉，可能得到解决，努力为之。"

当晚，冈村宁次在东华门十九号举行宴会，邀赵承绶参加，一再表示"希望和阎先生真诚合作"，还送给阎锡山高级将校呢衣料一件，西服衣料几件，要赵转给阎。

冈村虽然极力对赵表示"客气"和"诚意"，但赵通过在太原三个多月的观察，知道日方玩的是什么把戏。而且阎锡山的复电还和往常一样先要东西，冈村则是希望阎锡山先通电脱离重庆政府，双方条件仍有很大差距，一时半会谈不拢。赵没有把和阎锡山往返电报的内容告诉冈村,仍然说:"回晋西去一定把贵方意见详细转报,请放心。"

第二天,冈村宁次就匆匆飞走了。

赵承绶、苏体仁哪里知道,冈村宁次这次到太原,确是专为早日促成阎日合作,主要原因是太平洋战争爆发后,侵华日军调到南洋去的较多,在华兵力不敷分配,急于想把阎锡山完全控制在手中。

几天以后,赵承绶离开太原,回到阎锡山在晋西的根据地——克难坡,"太原办事处"则交给梁延武、曲宪南负责。

赵承绶这一次在太原一住三个多月,除了和日本人联系以外,从未和没关系的人来往,更不轻易到其他地方去。连住在太原的老岳母,也没看过一次。怕的是泄露出去,遭人唾骂,更怕八路军地下人员探知情况。想洗个澡,也是在夜间坐上汽车到苏体仁家里去洗。有一次要看牙病,镶牙,也只好趁夜间秘密到日本牙医那里就诊。做这种见不得天日的事,只有像鬼一样地活动。做汉奸的滋味,他算尝到了。

第九章

尿遁安平村

PART 9

　　阎锡山从赵承绶口中了解到，日军在太平洋战争爆发后，因海陆空全面告捷，于是目空一切，骄横十足，态度非常强硬。尤其是日军第一军参谋长楠山秀吉调往南洋作战，遗缺由花谷正少将继任。此人是日本贵族出身，比起前任楠山秀吉，更是盛气凌人，眼睛翻上了天，很难说话。他多次向赵承绶表示："阎锡山要想从日军手中得到'汾阳协定'中所规定的武器、物资和款项等帮助，必须先行发表通电，彻底脱离重庆政府，才能办到。"

　　赵承绶向阎报告了一切情况，最后向他说道："我这次在太原住了这么长时间，日本人一点东西也不给咱，是因日本准备太平洋战争，国内物资紧张，冈村不能如数拨出阎所要求的武器、物资、款项。联系历次和日本人的谈判情况可以断定，日方的确是诱降，而决不是想和我们合作。"

　　阎听了赵承绶的报告后，便将他那降日的打算，改为"暂时观望"的态度，也不急着和日本人联系了。

　　赵承绶从阎锡山窑洞里出来，又去看望与阎同住在一个院里的老辈子赵戴文。

　　赵戴文一见他就先开口问："你从太原回来了？"

赵承绶说:"回来了。"

赵戴文又问:"事情办得怎么样?"

赵承绶说:"没办成,日本人是诱降,根本不是合作。"

"好!"赵老先生蓦地冲赵承绶竖起大拇指,提高声调说道,"你没办成这件事,才不愧是赵心喜的儿子。要不待你百年之后,你爹也不会认你。"

听了老辈子这番话,赵承绶这才明白连在山西"一人之下,万人之上"的赵戴文,也是反对阎与日本人合作的。

赵承绶看得很准,这时候的日本从侵华部队中抽调大批兵力到太平洋诸岛去作战,急切要求有个更有力的汉奸替他们统治华北,防止真正抗日的八路军乘机反击,收复失地。因此,急于要阎锡山就范,为迫使阎锡山尽快就范,日本人采取了软硬交加的手段。一面于一九四二年四月间派梁上椿到克难坡,向阎锡山送"觉书",促阎锡山早日表明对"汾阳协定"的态度;一面派飞机轰炸克难坡,并以较多的飞机轰炸阎锡山在黄河渡口小船窝附近修建的钢丝木板桥。二十几架飞机,三次投弹百余枚,只炸毁两股钢丝绳。阎锡山心中惊恐万分,表面上则是硬着头皮虚张声势,一面向其部下宣扬,要准备进行"晋西大保卫战",坚决保卫抗战根据地;一面又要派赵承绶再次到太原去和日方商谈。

阎对赵承绶说:"延武太嫩芽,我担心他应付不了这个局面,还得再辛苦你一趟,看看情形究竟如何。"

为了能快点到达太原,赵承绶带上续志仁,从乡宁县骑马先到日军占领的河津城,又坐军用小飞机到太原,仍住新民街十二号池上公馆。次日会见花谷正,花谷正气势汹汹地说:"你来了,好!你能代表阎锡山吗?我看你代表不了他。阎锡山诡诈多端,把蒋介石、毛泽东全骗了,还想骗我们日本人吗?我看你还是回去的好,叫阎锡山亲自来吧,我们非和他亲自谈不可。"

无论赵承绶怎样替阎锡山解释暂时不能来太原的理由,花谷正也毫不理睬,要赵马上回去转告阎锡山,他必须尽快与阎见面。

花谷正的态度如此强横,让赵承绶一时没了主意,一面急电阎锡山,一面向苏体仁探询究竟。

苏对他说:"日本人确实急迫想要和老总合作,还是要老总先表明态度。日本人决不肯先拿出东西来,他们实际也没有那么多东西,要求一下子拨付,恐怕有困难。"

赵承绶摸到一点底,加上花谷正那种颐指气使的态度,也就不想在太原多待下去,赶紧回到克难坡向阎锡山交代。

阎锡山听完以后不以为然地说:"他们不要你当代表,你就回来好了。"接着又说:"日本人什么也不给咱,想叫咱脱离重庆,这可不行。你想,咱到太原去,什么也没有,他们再把力量撤到太平洋去,叫共产党直接打咱,咱力量不够,就有被消灭的危险。咱可不能这么干。"

对日方要求和他见面一事,阎锡山没做任何表示。

日方见阎锡山对亲自会谈无甚表示,就继续通过苏体仁、梁上椿胁迫阎锡山,声言要用重兵进攻晋西。又经梁延武、刘迪吉往返磋商,最后阎锡山同意亲自出马和日方会谈。但又考虑到自己不能去太原或汾阳,叫日本人到晋西来,又怕风声太大,不敢公开这样做。最后选定在山西省吉县南面几十里的一个小山村举行会谈,具体负责与阎方协商的花谷正同意了这个方案。

这个小山村在晋绥军的地盘上,距日军防线有三十华里。村子原来有个名,可阎锡山十分迷信,认为这次与日方会面,很危险,便把这个村改名为"安平",又在"吉县"境内,是个"吉庆平安"之兆。

安平村庄的居民,十几天以前就被阎锡山派军队扬言要在这里"打大仗",胁迫全部迁离了。

安平会议的地点、时间确定后,因会场在阎军控制的地区,会场的布置,会议的接待诸项事务当然得由阎方负责。

阎锡山于是命令其长官部副官处庶务科副科长胡二庆提前到安平村,准备会场和招待日方人员所需房屋。胡二庆从克难坡带了一批泥工、木工和裱糊工人赶到安平村,搭建了供阎日双方代表休息的房舍,以及会议室、伙房、厕所等,随后安装门窗,粉刷墙壁,赶制桌椅板凳等木器家具。还请了好几位名厨,准备伙食。

日军方面则由驻河津的军队对河津至安平的公路进行突击修理,并在两军交界处搭建了一排木制活动营房,供日军将领在途中休息。随后又将河津至安平的电话线架通。

阎锡山为了参加安平会议,四月二十八日下午即由克难坡来到了吉县,因克难坡距安平村有一百多里,在不通公路的情况下,必须在吉县住一夜,连续两天行路,担心阎身体受不了,所以先到吉县休息两天,以便和王靖国、赵承绶等仔细商量一下与日军见面会谈时如何应对的问题。

阎锡山的"太原办事处"主任梁延武于三月间陪同梁上椿从太原去克难坡,因事留在克难坡,这时也随阎锡山同赴吉县。

阎锡山到吉县的第三天上午,特意召集了一次高级军事会议,公开扬言要进行"晋西大保卫战",还下达了"谁后退就军法从事"的命令——其实,这些都是争夺延安和重庆方面使的障眼法,搞这样的小手段,阎方早已和日方取得默契。

阎锡山还电令他的太原办事处全体人员携带高级茶点、水果、香烟等食品,一律随同苏体仁、梁上椿到安平村担任招待日方之责。

五月三日,苏体仁、梁上椿、杨宗藩(翻译)偕同日本特务头子林龟喜大佐、日军第一军司令部高级副官三野友吉中佐和阎方太原办事处人员曲宪南、刘迪吉、田作霖等,带着大批会议所需的物资,乘火车由同蒲路南下,在侯马车站下车再转乘汽车到达河津,四日晨由河津乘汽车去安平村,中午时分到达,与先期从吉县赶来的赵承绶等会合。

四日上午,阎锡山一行由其警卫总队保护,由吉县出发,前往安平村,途中到了一个叫东石泉村的地方,已是中午。阎锡山决定在此住下,次日再去安平村。

这一天吃罢中午饭后,安平村的赵承绶用电话向东石泉村的阎锡山报告情况,阎锡山请苏体仁、梁上椿马上赶过去见他。林龟喜和三野闻知苏、梁要去东石泉村,坚决要求和他俩同去。原来,这两名日军军官此行还肩负着一个特殊的任务,即沿途察看晋绥军的布置和戒备情况。

苏体仁、梁上椿、林龟喜和三野友吉去东石泉村后,赵承绶则引导石桥中佐察看会场布置情况和日军带来的一个中队的宿营地。

一九四二年五月五日,天还没有亮,阎锡山率领王靖国、秘书长吴绍之、杨贞吉、梁延武、苏体仁、梁上椿、林龟喜、三野等离开东石泉村,很快便到了安平村。

阎锡山在为他布置好的房子里休息。

不久,日军第一军司令官岩松义雄中将、参谋长花谷正少将、华北派遣军参谋长安达十三中将、驻临汾的清水师团长,和已升为大佐的茂川等高级参谋人员到来。

日本人对此次与阎锡山的会见的重视程度不言而喻,如果这次会见顺利地获得成功,也就意味着,国民政府的一员最有实力的将帅以及他所属的山西,将会成为日军的一翼。这样一来,在中国内部就形成了一个反蒋的有力据点。对日军来说,在战略上可以取得非常有利的地位。不仅如此,在蒋介石集团内部,出现了有力的反蒋势力。那么,对日持久的抗日战争,不论在物质方面或精神方面,都会陷入绝境。

当日方代表到达安平村口时,阎锡山带去的军乐队吹响了接官号,表示欢迎。阎锡山与岩松义雄握手寒暄后,便来到事先准备好的休息室休息。旋由苏体仁、梁上椿陪同阎锡山到日方休息室会见,苏一一作了介绍,阎锡山和日军将领分别握手,岩松义雄立即送给阎锡山一份"白皮书",花谷正则故作亲切,与阎锡山来了个热烈的拥抱礼,并且自我介绍说昭和五年时自己在大连见过阎阁下,弄得阎锡山丈二和尚摸不着头脑,怎么也想不起一九三〇年被蒋介石和张学良联手赶下台,躲在大连避祸时,于何时何地见过这个盛气凌人的家伙。

接下来,双方进入会场,举行正式会谈。会场设在一外面围有半人高土墙的窑洞内。当中一张长桌,桌上摆满了太原办事处带来的筒装炮台香烟和糖果。日方坐在一边,一字排列,岩松坐在中间;阎锡山进入会场,面对岩松入座,赵承绶、王靖国、吴绍之和苏体仁、梁上椿分别在阎左右侧,特务头子杨贞吉没有参加会议,按照双方约定,会场安全由阎方负责,他带着几名手下四处溜达,检查安全保卫工作。

这时,日方照相机、电影机、录音机一齐开动,阎锡山除了苦笑,无可奈何。后来他生气地对苏体仁和梁上椿说:"日本人连这样一点小事都出尔反尔,还能跟他们谈合作那样的大事吗!"

安平会议与汾阳会议有一点不同之处,汾阳会议谈判桌上插着双方的小国旗,而安平会议的谈判桌上没有出现国旗。其原因是因为汾阳会议的会场是由日方布置的,而安平会议则是由阎方负责布置会场。在这样的场合,阎锡山并不愿意成为中国方面的形象代表。

会议开始,阎锡山首先发言。

"目前中日两国共同祸害,是中共势力的日益壮大,若不及早剿除,不但中国将永无宁日,日本也不能不受其害。阎某素有推日本为盟主,建立亚洲同盟的主张,共同对付美英,共同剿共,以达共存共荣之目标,则中国幸甚,日本幸甚。"

阎锡山开篇便大讲其所谓"相需"的谬论,大意是亚洲同盟是中日两国的共同利益,亚洲人愿意推日本做盟主,但日本人必须领导亚洲人做愿意做的事情,才能当好这个盟主。中日合作是互相需要,要应本着共同防共、外交一致、内政自理的原则办事。尤其是内政自理,最为要紧,否则中国人民就会对合作有顾虑。请日方表明对中国究竟将采取什么方针,等等。

随即又说:"我们的中日合作,只能承认日本是盟主,中国的一切,必须自己作主,共存不能是日本独存,共荣也不能是日本独荣。照你们的办法,我阎某无法向中国人交代,从而我也不能代表中国人,更不能号召中国人。

如果你们只想要一个名存实亡的政府,现在南京有了汪精卫,北平有了王揖唐,何必要区区阎某呢?"

阎锡山原本日语极好,但他知道在这样的场合,自己只能讲中国话。所以每讲一段,由苏体仁的女婿杨宗藩翻译一段,这样一来,占的时间就很长。再者,这样的话,也肯定不是日本人想听的。

日本将领们吹胡子瞪眼,显得极不耐烦。

"对不起!"花谷正实在按捺不住,猛地一拍桌子,大声嚷道,"我们是来开会,不是来听阎阁下长篇大论演讲的。"

岩松义雄不等阎锡山把话全说完,就接过去发言,大肆宣扬一番日本在太平洋方面的胜利,促阎锡山立即"觉悟",早日通电履行"汾阳协定"条款,希望阎锡山认清当前形势,相信大东亚圣战有必胜的把握,要阎锡山立刻脱离重庆政府,参加大东亚共荣圈,勿再犹豫。并表示如果阎锡山马上表示态度,可立刻交付现款三百万元,步枪一千支,作为送阎的礼物。至于"汾阳协定"里所答应的一切,可以陆续交付等等。

岩松中将的发言,由日本人大岛翻译。岩松的态度虽不像花谷正那样气势汹汹,但也同样盛气凌人,完全是一副战胜者的口吻。

赵承绶偷眼看看阎锡山的神情,他还是犹如老僧入定一般,无甚表情。

阎锡山早就料到日方会逼他在会上表态,等岩松话音一落,和颜悦色地笑了笑,轻言细语地说:"诸位先生,凡事都要有个准备,现在一切还没准备妥当,通电还需要相当时日。最要紧的是力量,如果贵方能够把'汾阳协定'中答应的东西先行交付,装备起力量来,能对付得了共产党八路军的攻击,就可以马上推进到孝义去。"

岩松义雄一听阎锡山这样说,不停地发出冷笑,脸上满是鄙视的神情。而花谷正竟然把头歪在一边,故意发出打呼噜的声响,假装睡着,以此来表示对阎锡山的意见毫不理会。后来他越来越不耐烦,蓦地睁开眼睛,站起身来,以训斥的口气大声说:"珍珠港一战,美国被日本一下子打得落花流水,重庆的蒋介石更不在话下。阎阁下与我们日本人合作,对你自己有利,也正是时候,观望没有什么好处。说,马上跟我们一同回太原去!"

花谷正说话时,气势汹汹,口说手比,旁若无人,好像要上前拉扯阎锡山一样,弄得阎十分难堪。

赵承绶再偷眼看看阎锡山的神情,发现他这下既生气,又有点慌神,眉头都皱起来了。

会场上的气氛显得十分紧张,会议已经很难继续下去。

一直察颜观色的苏体仁赶紧建议"暂时休会",双方于是各自暂回休息室休息。

这时,杨贞吉得到手下密探报告,发现在日本人来的路上,有许多骡马向安平村前进。杨认为是日本人正在向安平村增兵,或者是开来了炮兵,立刻把这一情况向阎锡山报告。

阎锡山一听,搓手摇头,十分惊惶,正在着急,他的警卫总队长雷仰汤报告说:"会长赶快走吧,这房子后边有一条小道可以出去,外面都是我们的人,只要一出安平村就安全了。"

阎锡山于是装着小解,暗示赵承绶也跟了上去,进了临时搭建的厕所。阎锡山一边撒尿,一边叫着赵承绶的字说:"印甫,我先走一步,留下场面,你来收拾。"

说罢,雷和阎的侍从立刻扶着阎锡山由小道一溜烟逃之夭夭。

继续开会的时间到了,日方进入会场,却等不来阎锡山。

赵承绶假意去催,回来说:"对不起,阎长官已经走了。"

日方十分气愤,岩松中将声色俱厉地对赵承绶喝道:"你们的阎长官太无理了,我们一定会给他惩罚的!"

日方立刻要动身,赵承绶和苏体仁、梁上椿赔着笑脸,把他们送到村口。

岩松这时又突然改变了态度,一脸和气地对赵承绶说:"赵将军,今天会谈不成,以后有机会再谈。我们对阎长官绝无恶意,请你转告阎长官放心好了。"

接着,赵承绶吩咐手下收拾会场。这时,他才看到日本人赶来的骡马,驮的是一些步枪和木箱——事后才知道是三百万伪钞和一千支步枪。阎锡山这一跑,日本人又全部运回去了。

送走日方代表和人员,赵承绶和苏体仁、梁上椿也一同返回吉县。

赵承绶把岩松义雄的话转告给阎锡山,他没甚表示。

几天以后,苏体仁、梁上椿又回太原去了。

苏走时对赵承绶说:"日本人在东南亚接着打胜仗,心气正高,会长在安平村这么一跑,恐怕事情再难有转圜的余地了。"

第十章

"曲线救国"与"内应工作"

PART 10

果不其然,"安平会议"以后,日本人和阎锡山撕破了脸,他们把阎锡山和岩松义雄握手的照片印成传单,用飞机在西安等地散发。阎锡山驻西安的办事处处长黄胪初把捡到的传单寄给阎锡山。阎锡山在克难坡每天早上举行的朝会上,公开向他的部下否认这件事。但后来有一个"中外记者考察团"到克难坡向阎锡山提出这个问题时,阎锡山无法抵赖,只好承认和日本人见过面,但矢口否认和日方有任何勾结,更不承认通敌叛国的账,大言不惭地说,他之所以深入虎穴,只不过是为了利用这一难得的渠道了解敌情。还信誓旦旦地说:"国与国之间的战争,并非只有在战场上打打杀杀一种。我们与日军曲意往来,唇枪舌剑,不过是若干种斗争形式中之一种,而绝非妥协投降。"

日军为了"惩罚"阎锡山在"安平会议"中不辞而逃,趁阎部三十四军在汾南地区抢征夏粮时,由临汾的清水师团调集兵力,向该军全面进攻,三十四军军长王乾元受伤,四十五师师长王凤山阵亡,阎军纷纷溃逃至汾北山区。

与此同时,日军又到处张贴布告,表示与阎锡山断绝"友好关系",并实行封锁。

布告摘要如下：

我大日本皇军阐明与晋绥军断绝友好关系而成为敌对关系，并指示而后山西省所向之路径，我军稽考现时事态，以使前述之趋旨彻底。

山西省民务须不拘旧日因缘，凡与晋绥军之关系，一概解除、断绝。

山西省民务须尽力协助我军对晋绥军正在实施中之经济封锁。

针对近来晋绥军在我地区内以武力强行征粮之暴举，我军随时起来膺惩之。同时将来仍有妨碍我军建设新中国之情形，即有即刻击灭之决意与准备。

匪首阎锡山虽口喊反共，提倡和平，但却将自身之私有财产存于英美银行，此对中国前途，将致招来日暮途穷之感……

在日本人眼中，不久前还和他们握手言欢的阎锡山，居然一下就变成"匪首"了！

到了一九四二年二月，冈村见阎始终不降，遂决定以武力相威逼，公开扬言皇军要以"犁庭扫穴"之势，向克难坡和阎所控制的晋西进攻。威胁到阎锡山的生存，他也就豁出去了，乃于四月初发动"晋西大保卫战"，动员所有精锐部队开赴前线，奖励官兵每打死一个日本人，赏洋一百块，并许诺给士兵娶妻，以鼓励士气，改变过去恐日降日的想法。

而日军驻晋部队却根据过去的经验，对晋绥军非常轻视，公开说："阎锡山的军队根本用不着打，只要在枪头上挂一顶日本军帽，摇几下就把他们吓跑了。"

就在这时，驻汾阳日军的一个大队，和驻孝义的阎军骑一师三团在宋家庄附近打起来了。被日本人公开骂为"匪首"的阎锡山心里憋着一团火，为了叫部下给他争口气，拿起电话命令骑一师师长赵瑞亲自上前线去指挥这次对日作战，他态度强硬地说："赵师长，这次不同以往，务必给我狠狠地打！要叫日本人知道我阎锡山并不是没有力量！千万不能打败回来，否则，组织制裁，决不宽贷！"

赵瑞飞骑赶到宋家庄，指挥三团和日军激战一昼夜。

当赵瑞在马背上挺立起铁实的胸膛，高扬起锋利的军刀，用嘶哑充血的喉咙向他的弟兄们发出"前进"的口令时，赵瑞陡然觉得自己许久没有舒展过的躯体里又重新激荡着充满力量与激情的热血——啊啊，就连老天爷也赶在那一刻来为他的三团弟兄呐喊助威了,雷声隆隆,闪电撕裂长空,大雨哗哗当空泼下。那是多么壮丽辉煌的时刻! 随着他的一声令下,上千匹骏马一齐在大地上狂奔,蹄声犹如擂鼓一般激荡人心。上千把雪亮的军刀在暴雨中挥舞,搅得空中飞珠溅玉寒光闪闪。上千张黑油布做成的雨披在瓢泼大雨中居然也能够像雄鹰的翅膀一样高高地飞翔起来,那样的场面那样的声响足以使任何一个战士抛开最后的一丝怯懦——不,即便是懦夫也会在那样的一瞬间升华为一名最勇猛最无畏的战士!

赵瑞的队伍像黑色的波浪一样在原野上疾速起伏,前赴后继,锐不可当,紧接着就是尽情地砍杀,刀锋劈开脑袋,砍断肩骨,刀尖刺进胸膛,上千条结实的喉咙一齐发出的呐喊声中,骏马踩踏着日本人的尸体飞奔,拔地而起,在电闪雷鸣的天空中拉出一道道优美的弧线,然后矫健地跃过敌人的阵地……

日军抵挡不住,增援也未及时赶来,且伤亡又大,终于溃不成军,转身向着汾阳城逃去。

关键时刻,赵瑞没有辜负阎长官的厚望,让日本人实实在在地领教到了阎军的实力。

宋家庄之战的第二天,白太冲从汾阳办事处赶到孝义,对温怀光说:"日本人这次死了不少,伤的更多。其中有一名日本军曹的尸体,迄今没有找到。日军旅团长请温军长阁下,务必转知所属部队,代为寻找,将尸体奉还。"

温怀光说:"这事可以办。"马上抓起电话通知赵瑞,命他立即组织力量,到战场上去寻找这个日本军曹的尸体。

结果,骑兵们在一条水沟里找到了一具尸体,于是用军毯裹好,放在担架上,让担架兵抬着,由临时受命为"奉灵专使"的白太冲亲自送往离他们最近的一个日军据点田屯镇。

田屯镇上驻有日军一个中队,全体官兵整齐列队,向着尸体鞠躬默哀。然后将军毯解开,准备先行照相,再接着火化。不料该中队长一看尸体,勃然大怒,对白太冲喝道:"你送来的是什么尸体,这根本就不是日本人。日本军人统统是光头,这个死人头上的长发大大的有。不要不要,赶快抬走!"

如此一来,白太冲这个"奉灵专使"的任务没法完成了,只得命令担架兵把原尸抬回去。

过了些日子才查清楚,这具尸体是阎方派往汾阳的一个县干部。那个日本军曹的尸体,却失了踪影。

后来得知那名日本军曹并未阵亡，只是因为当时受伤隐于田野树丛中，未及随队撤退。过了两天，他即自行回到汾阳。

至此，一场遗尸事件，才算作罢。

由于日军轻敌，阎又做了种种准备，所以日军在孝义县宋家庄和汾城县华灵庙的战斗中连吃败仗。吃了亏的日军调兵遣将，扬言要集中更大兵力，向阎锡山此时的老巢——吉县克难坡进攻。阎锡山经常教导他的高干们要"学会在三个鸡蛋上跳舞，哪个也不能踩破"。这下眼看着要把日本人这个鸡蛋踩破了，顿时慌了手脚，连忙给岩松义雄写了一封信，派人送到太原，信中有这样一句话，"希望不要把同情你们的人当作敌人"，岩松司令官接信后，认为阎锡山已经主动低头告饶，如果继续进攻，就有可能把他逼过黄河，以后再行诱降就不方便了，于是将兵撤走，并复函告阎暂停进攻。

阎锡山于是得意扬扬，在洪炉台朝会上，向他的文臣武将们大吹特吹他"一纸退万兵"的辉煌经历。

阎锡山当然也不愿意就此中断与日本人的联系，他想知道"安平会议"后日本人对他的态度究竟发生了什么变化，便又派赵承绶到太原会见岩松义雄。岩松对赵承绶说了一段很有意思的话："让我打个比方吧，阎锡山就像一个漂亮的姑娘，我很爱她，但她一时不从我，我也不忍把她一枪打死，我还得等待一时，期望未来她能够回心转意，与我成其好事。"

阎锡山探到了日本人的底线，清楚地认识到自己在日本人心中还是一张很有用的牌，于是高兴地对赵承绶说："这样看来，日本人还算聪明，我们可以放心了。"

此后，只要日本人不主动惹事，阎锡山也不挑起战火，一旦日军发起进攻，他马上大呼小叫惊天动地地组织军民，投入他的"晋西大保卫战"，还真命令前线部队就像赵瑞那样，拉到战场上与日本人真刀真枪地过上几招。阎锡山时不时风风火火地这么来几下，山西的军人百姓，没人不相信他是率领他们坚决抗日的大英雄！

可另一方面，阎锡山又命令他的中介人苏体仁、梁上椿等，以及设在太原、汾阳、临汾、运城等地的办事处，照常和日军保持联系，等待时机，再和日本人谈判。

果然，没过多久，日军为了重新诱降阎锡山，再次主动向他示好。通知负责太原办事处的梁延武报告阎锡山，日军除停止对阎的军事进攻外，还着手减轻对阎的经济封锁，允许他的部队进入日本人占领的汾阳、平遥、介休、浮山、临汾、曲沃、翼城、绛县、稷山、万泉、猗氏、新绛、河津、荣河等县征（抢）

粮。

据统计，在一九四二年夏秋时期，阎锡山即在上述地区一共抢到小麦和其他杂粮约四十万石。此外，日军还给阎锡山从汾阳运到孝义粮食五千石。同时，阎锡山将大批桃仁、生漆、桐油和水银等物资输送给日军，以此向日方换取布匹、西药、纸张、机械器材等物。日阎之间的勾结，并未因"安平会议"的破裂而终止。

一九四二年春，中国的抗日战争进入到极其艰难的地步。尤其是黄河以北的广大地区，由于冈村宁次采取了"七分政治，三分军事"的策略，形成了"放水捉鱼"的局面，国共两抗日武装，受到了沉重的打击。

当此时，国民党旗下的各路杂牌军，纷纷打着"曲线救国"的幌子，公开向日军投降。

山西方面的阎锡山与日军双方虽然已经在战场上兵戈相向，你死我活，但奇怪的是双方仍然维持着阎锡山设在太原、汾阳、临汾的办事处的运转，双方人员来往一直到日本战败投降，也从未间断。这是因为，冈村对阎锡山的诱降虽然最终没有成功，但却达到了使阎在军事上消极避战，日军得以在山西专事对付八路军的目的，所以他们并不吃亏。

虽然冈村在阎锡山这个老滑头面前未能得逞，但对晋绥军以外的其他杂牌军，冈村的诱降工作则取得了巨大的成功。冈村宁次在回忆录中写道："我到北京就职后，了解到管辖区内没有蒋介石的嫡系部队，但有不少以上将、中将为军队司令的国民党地方军。这些地方军大都是各派系的旧军阀，目前虽接受中央政府的军饷，对蒋介石却未必忠诚。只要避免和他们作战，即可减少牺牲，节省兵力。因此，我要求各军司令宫、兵团长等对国民党地方军进行诱降工作。结果非常奏效。从一九四二年春开始，这些将领陆续投诚，到四三年秋，几乎全部归顺我军。其中最大的军，就是前面提到的庞炳勋的大军。"

一直与日本人藕断丝连的阎锡山看到北方大地上到处"降将如潮，降兵如毛"，以为这些将领，全是禀承蒋介石的旨意，才敢于公开投降日军，一则配合剿共，实则实行"曲线救国"的方针。阎唯恐自己落在蒋之后，他也迫不及待地想再把自己的一部分军队交给日本人收编，这就好比自己这个当爹的没能耐，自己生的孩子自己没有能力抚养，交给日本人帮着带一带。他的真实目的是，让这些部队一面配合日军剿共，通过不断地和八路军作战，来壮大自己的实力，一面争取从日军手中接管更多的地盘。

现在的人看起来会觉得阎锡山的想法太荒唐，但当时的具体条件却让阎的想法轻易地变成了现实。阎精明过人,他知道黄河以北从全面抗战爆发之初便已经完全没有蒋介石中央军的一兵一卒,在华北坚持抗战主要力量,主要是八路军创建的晋察冀、冀鲁豫、晋绥三大根据地。

城野宏在《日俘残留山西始末——一个日本战俘的自供状》中写道:"八路军的正规兵力已经达四十七万,民兵两百万。已经能进行比较大规模的运动战。与此同时,日军的据点也已经到了仅靠分队以下的分遣队所不能维持的地步……日本军队从方山、五寨、沁水、沁源、神池等县撤回,缩小占领区域,同时撤回只有少量部队的分遣队。以中队(连)规模的部队为单位,不得不集中在县城的情况,逐渐多了起来。到最后,甚至出现了这样的情况,在旅团司令部所在的平遥县城附近,虽然看到八路军在光天化日之下,堂堂皇皇地行进,但终因没有出击的力量,而只好从城内炮击,以敷衍塞责。"

阎锡山对日本的处境和心理可以说了如指掌——既然八路军已经成为阎锡山与日本人最具威胁的共同敌人,那么,日本人有什么理由拒绝他这个"山西王"主动伸出的友好之手呢?

如此一大批文臣武将出发之前,阎锡山都会把他们召到克难坡耳提面命一番。大抵是派你们过去,主要是借助日本人的力量,尽量多地消灭八路军,千万不能图一时之富贵,反戈一击,真心事敌,往自己面门上来一枪。

阎锡山觉得汪精卫最先提出的"曲线救国"名声已经随着汪的叛国叛敌而变得臭不可闻,所以他把自己在山西搞的这一套,改了个名儿,叫做"内应工作"——意思表述得很明确,我阎锡山派到日本人的阵营中去的军队,是去专门打八路军的,不是去向日本人投降的。而且这些投降部队还有一个重要的任务,那就是以待时机,作自己的内应。

事情的发展果真不出阎锡山所料,日本人即便明知道阎送给他们的是毒药,为了解渴,他们也不得不硬着头皮喝下去。

一九四二年六月,阎锡山令骑四师师长陈济德率领该师前往日军指定的地区——平遥净化村及其附近驻扎。净化村周围密布日军据点,官兵们奉命深入到虎穴狼巢之中突击征(抢)粮,都有些紧张。

这时,温怀光被阎锡山召至克难坡未归,军长职务临时由赵瑞代理。骑四师开到净化后,赵瑞得到陈济德报告,称:"日军往汾阳、平遥、介休等地不断增兵,有包围陈师迹象。"

赵瑞担心骑四师一旦有失,致负指挥失当之咎,便径行通知骑四师星夜撤回孝义待命。不料阎锡山闻报后大为震怒,急命温怀光星夜驰回孝义。

温一见赵瑞的面,便大声斥责:"你胆大包天,不经请示,竟然敢擅将骑四师撤回!会长对你自作主张很生气,认为这是严重违犯铁军组织纪律的行为,幸我代为求情,才获会长谅解。以后千万再不要未经会长许可,便擅自移动兵力。"

说罢,马上命令赵瑞派军直骑一团团长何焜率该团再往净化。同时,温又亲自命令骑二、骑四两师各派出营以上兵力,分驻净化附近之中街、王智等村,进行突击征粮。随后,温怀光又派赵瑞率军直骑二、骑三团前往净化,统一指挥征粮行动。

七月十日,也就是赵瑞到达净化的第二天,即发现驻临汾之井上师团与驻汾阳之若松旅团不断向净化周围的据点增兵,便分别急电报告温怀光、赵承绶和阎锡山,陈述:"净化地区随时有被日军包围歼灭的危险,不宜驻兵,请裁夺!"

随即接到温怀光的指示:"奉会长谕,征粮第一,生命第二,没有命令,不得擅自移动。"

七月十二日,温怀光奉阎锡山命令,又以"督征汾阳夏粮"的名义,派新任骑四师师长杨诚,副师长何炳和骑一师副师长兼汾阳县县长段炳昌等赶到净化。

不料次日拂晓时分,日军首先将净化至孝义之间的公路截断,并很快将中街、王智等村占领,同时向净化展开攻击,又命汉奸向阎军喊话,要他们马上缴械投降。

赵瑞赶紧向温怀光报告情况,请示对策。

军长的回答是:"赵师长,骑一师、骑四师都是我心肝上的肉,我掏心窝子给你说一句话,你大可放心,日本人不会伤害你和我的骑一师骑四师的。这样的时刻,更不要忘记会长'存在就是真理,需要就是合法'的教诲。"随即提高声调说道:"如遇日军挑衅,不得还击,违令者军法制裁!"

听了如此明白的话,赵瑞这才猛然意识到这后面藏着不可告人的隐情。

原来,阎锡山心怀诡诈,唯恐事后承担指使部队成建制投敌的罪责,只是诱使其部下落入他和日本人预设下的圈套,反而装着抗战的样子,不使其部队擅自移动。当自己的部下被迫为了自卫而对敌反抗并告急求援时,他却又装聋作哑,不予答复。

这时,日军见阎军并没有按预定的步骤投降,以为阎锡山言而无信,在耍什么花招,顿时怒不可遏,遂向净化村发起猛烈的进攻。突然一通炸弹劈头盖脑地砸下来,连人带马倒下一大片,寨子里到处血飞肉绽,哭喊连天。

降,作为日军的协从部队,实际上是禀承阎的旨意,对八路军作战的。"

所有这些措施都是出自老奸巨猾的阎锡山的未雨绸缪,深谋远虑,他早已经考虑到了今后日军战败,突然回国,眼下的日占区转瞬之间变成真空地带,必将陷入行动迅速的八路军的控制之下。因此,在日军投降之前,先派自己的心腹将领和部分军队,抢先将日军控制的地盘掌控在自己手中。

城野宏回忆道:"这就是说,赵瑞及其部下是为对共作战而改换招牌,同时也是为战后准备先遣接收员。作为我,是后来才知道这种情况的,但因为对我方来说也很合适,所以也没有声张。"

对于类似于赵瑞、杨诚这种以各种方式、名目,投到太阳旗下的中国将领,冈村宁次与他们有过面对面的交流,他在回忆录中写道:"这些将领可以说对蒋介石不够忠诚,对国家民族倒有相当诚意。他们到北京或在当地初次见到我时就说:'我们不是叛国投敌的人,共产党才是中国的叛逆,我们是想和日军一起消灭他的。我们至今仍在接受重庆的军饷,如果贵军要与中央军作战,我们不能协助。这点望能谅解。'一九四四年三月二十二日,我在北京宴请了全部降将:庞炳勋、孙殿英、孙良诚、张岚峰、杜锡钧、李守信、吴化文、胡毓坤、荣子恒等,并进行了恳谈,当他们得知不久将发动进攻时,仍表示碍难参加对中央军作战,而只愿协助维持后方治安。"

阎锡山自从在"安平会议"上遭受了日军羞辱,尝到了日本人在谈判桌上的蛮横霸道后,便再也不愿和日军代表面对面打交道了,而只是通过他设在各个日占区的办事处,和日军继续保持联系,互通关于八路军的情报,交换各种物资。采用各种手段,将一部分兵力移植到日占区去充当伪军,由日本人帮他培植剿共实力,借以实现他对日军许下的"共同防共"的承诺。

但,日军并不以此为满足,针对阎锡山的诱降活动,仍然毫不放松地积极进行着。岩松义雄邀请阎锡山恢复"安平会议",重启双方谈判,无奈阎锡山已成惊弓之鸟,心存畏惧,说甚也不愿上钩。冈村宁次于一九○七年在陆军士官学校任清国学生队第四、第五、第六期区队长时,陈仪、阎锡山、孙传芳等后来在中国叱咤风云的人物,都是他的学生。此后冈村长期在中国派遣军中任军职,也曾多次到太原,阎对他毕恭毕敬,精心照料,均以师礼事之。冈村认为岩松义雄和花谷正在"对伯工作"上处置失当,功亏一篑,导致阎锡山这只快"煮熟的鸭子"飞了,对二人大为不满,遂于一九四二年八月下令将岩松义雄的第一军司令官职务解除,调往北平,任伪华北政务委员会顾问,特派吉本中将前来继任。随即又免去花谷正第一军参谋长之职,改以堀毛少将接任。并将华北方面军政治班班长城野宏派到太原,加强山西方